ICH bin, wie ich bin

arsEdition

Inhalt

Vom Glück, gut angezogen zu sein

Vom Glück, das auch Glückssache ist

Anmerkung: In diesem Buch gibt es Felder zum Ausfüllen. Schnüffelt in deiner Umgebung gerne jemand in deinen Sachen herum? Dann denk dir einfach eine eigene Geheimschrift aus!

Vom Glück, du selbst zu sein

Superhelden haben selten Freunde

Wir Menschen vergleichen uns gerne mit anderen. Finden wir uns besser als unser Gegenüber, fühlen wir uns gut. Finden wir uns schlechter, werden wir unzufrieden und neidisch.

Hilfe! Hier kommt Miss Perfekt!
Viele Mädchen fühlen sich mies, wenn sie eine Modezeitschrift anschauen. Weil sie nicht so aussehen wie die gestylten Models. Doch es ist normal, kein Supermodel zu sein. Denn niemand ist perfekt!

Nur einer kann ganz oben stehen
Casting-Shows sind spannend, aber auch gemein. Denn nur einer kann siegen. Die anderen Teilnehmer geraten schnell in Vergessenheit, obwohl auch sie super singen können oder toll aussehen.

WELCHE CASTING-SHOWS SCHAUST DU DIR AN?

....

....

WARUM WÜRDEST DU GERNE BEI EINER CASTING-SHOW MITMACHEN?

....

....

....

Stell dir vor

Wer ist glücklicher: Der Zweite eines Wettbewerbs oder der Drittplatzierte?

Es ist der Dritte. Denn er vergleicht sich mit Platz vier und denkt: »Glück gehabt, ich bin noch unter den ersten drei.« Der zweite dagegen ärgert sich, weil er den ersten Platz verpasst hat.

Wieso möchte ich etwas Besonderes sein?

Nicht nur Modezeitschriften oder Casting-Shows wecken in dir den Wunsch, etwas ganz Besonderes sein zu wollen. Auch in Songs hörst du Sätze wie: »Don't get lost in the crowd! (Geh nicht in der Menge unter!)« Und Ratgeber sagen dir: »Du kannst alles erreichen, wenn du es wirklich willst!«
Wer solche Dinge ständig hört und liest, bekommt natürlich das Gefühl: Nur der ist wichtig, der etwas Besonderes macht oder kann. Es geht nur um schöner, schlanker, sportlicher.

An der Spitze ist man einsam!

Wäre es wirklich so schön, die Nummer 1 zu sein? Wer weit oben ist, wird leicht zum Außenseiter, weil er anders ist als die anderen. Doch wir Menschen fühlen uns in der Gruppe viel wohler als alleine. Superhelden haben selten Freunde! Und wenn, dann oft keine »echten«.

Glücksstein

Du bist okay, so wie du bist!

Ein Platz zum Träumen

Heute geschieht etwas, wovon du vielleicht schon lange träumst: Ein Filmboss bietet dir die Hauptrolle in seinem neuen Fantasyfilm an. Und es kommt noch besser – du darfst die Eigenschaften deiner Filmfigur selbst bestimmen.

Meine Rolle!

Welche Eigenschaften soll deine Fantasyfigur besitzen? Entscheide spontan. Filmbosse wollen schnelle Antworten!

Ich würde gerne ...

❍ ✱ supertoll aussehen.
❍ ♥ Gedanken lesen können.
❍ ★ fliegen können.

Ich habe ...

❍ ★ das neueste Laserschwert bei mir.
❍ ✱ coole Designer-Klamotten an.
❍ ♥ eine allwissende Eule als Begleiter.

Ich kämpfe ...

❍ ♥ für Gerechtigkeit auf der Welt.
❍ ✱ auf der Seite der Guten.
❍ ★ auf der Seite einer bösen Macht.

Als Heldin würde ich …

- ❍ ★ Fallschirm springen.
- ❍ ✱ Poker spielen, weil es dabei um viel Geld geht.
- ❍ ♥ ein Geheimnis hüten.

Für mich gelten …

- ❍ ✱ nur meine eigenen Regeln.
- ❍ ★ gar keine Regeln!
- ❍ ♥ faire Regeln. Das ist Ehrensache.

Glücksstein

Auch auf dem höchsten Thron der Welt sitzt der Mensch auf seinem eigenen Hintern.

(Michel de Montaigne)

Ähnelst du deiner Rolle?

Du hattest die Möglichkeit, eine ganz neue Rolle für dich zu erfinden. Trotzdem trägt deine Figur viel von dir in sich, stimmt's? Niemand kann aus seiner Haut. Du bist, wie du bist!

Überwiegend ♥:
Die Sanfte
Für deine Heldin ist es wichtig, ein guter Mensch zu sein. Sie fühlt mit anderen mit, hilft gerne und findet das Leben am schönsten, wenn es für alle gerecht zugeht.

Überwiegend ✱:
Die Schöne
Deiner Heldin geht es vor allem um ihr Äußeres. Sie möchte bewundert werden. Anderen hilft sie – aber nur, weil danach alle zu ihr aufblicken.

Überwiegend ★:
Die Übermütige
Deine Heldin will etwas erleben. Bei ihren Abenteuern sucht sie den Nervenkitzel, je wilder, desto besser. Langeweile gibt es für sie nicht!

Ich bin, wie ich bin

Niemand fühlt sich auf Dauer wohl, wenn er nicht sein darf, wie er ist. Denn es ist verflixt anstrengend, eine fremde Rolle zu spielen. Das berichten auch viele Schauspieler von ihrer Arbeit.
Am leichtesten ist es daher für dich, einfach du selbst zu sein. Nur dann gehört dein Leben dir. Und nur so fühlst du dich auch wirklich gut und bist zufrieden.

Will ich das wirklich?

Bestimmt möchtest du vieles an dir ändern. Vielleicht wärst du gerne total flippig angezogen. Aber: Kommt der Wunsch dazu wirklich von dir selbst? Oder willst du dich nur ändern, weil es andere von dir erwarten? Zum Beispiel die Clique, zu der du so gerne gehören möchtest? Nur, wenn du selbst mit dir unzufrieden bist – dann ändere etwas.

Sei nicht zu streng zu dir

Sich selbst so anzunehmen und zu mögen, wie man ist, ist eine ziemlich schwierige Übung. Deshalb klappt es auch nicht von heute auf morgen. Aber es lohnt sich, daran zu arbeiten. Wenn du lernst, mit deinen kleinen Fehlern zu leben, bist du viel entspannter und glücklicher.

Tipp

Gibt es an deiner Schule oder irgendwo in deiner Umgebung eine Theater-AG? Dort kannst du spielerisch in andere Figuren schlüpfen. Du wirst erstaunt sein, wie deutlich du den Unterschied zwischen dir und der Rolle spürst.

Der Kern
des Glücks:
der sein zu wollen,
der du BIST.

~ Erasmus von Rotterdam ~

Auf Entdeckungsreise zu mir selbst

Eine Reise zu dir selbst kann sehr spannend sein. Denn wer bist du wirklich? Der Weg zu dir beginnt, wenn du darüber nachdenkst, wo du gerade in deinem Leben stehst.

Das bin ich gerade

Ich bin jetzt .... Jahre alt.

Ich gehe in die ..... Klasse der .... -Schule.

Meine beste Freundin heißt ....

Mein liebstes Hobby ist ....

Mein absolutes Lieblingsbuch heißt ....

Mein größtes Vorbild ist ....

Mein Bett ist für mich ....

Wenn ich drei Haustiere halten dürfte, wären das ....

....

Ich habe schon immer gerne ....

Glücksstein

Ich bin nicht da!
Ich bin mich suchen gegangen.
Wenn ich wieder da bin,
bevor ich zurückkomme, sagt mir,
ich soll auf mich warten.

Ich habe noch nie ....

Ich kann am besten ....

....

Ich kann überhaupt nicht ....

Ich glaube an ....

Ich bin mit mir zufrieden: ❍ Ja ❍ Nein

Mein Traum vom Glück ist ....

....

Mein Motto lautet: ....

....

So fing es mit dir an

Hast du schon einmal deine Geburtsurkunde gesehen? Falls nicht, bitte deine Eltern doch einmal, sie dir zu zeigen. Vielleicht bekommst du sogar Lust, eine Kopie in dein Zimmer zu hängen. Es ist dein persönlicher Startpunkt ins Leben!

Der Ort, aus dem ich komme

Die Familie ist dein »Ausgangspunkt«. Selbst wenn deine Eltern getrennt leben oder schon jemand gestorben ist – du hast eine Familie, aus der du kommst. Es kann sich deshalb für dich lohnen, sie einmal näher zu betrachten.

Mein Familienstammbaum

Die Familie bildet die Wurzeln deines eigenen Lebensbaumes.

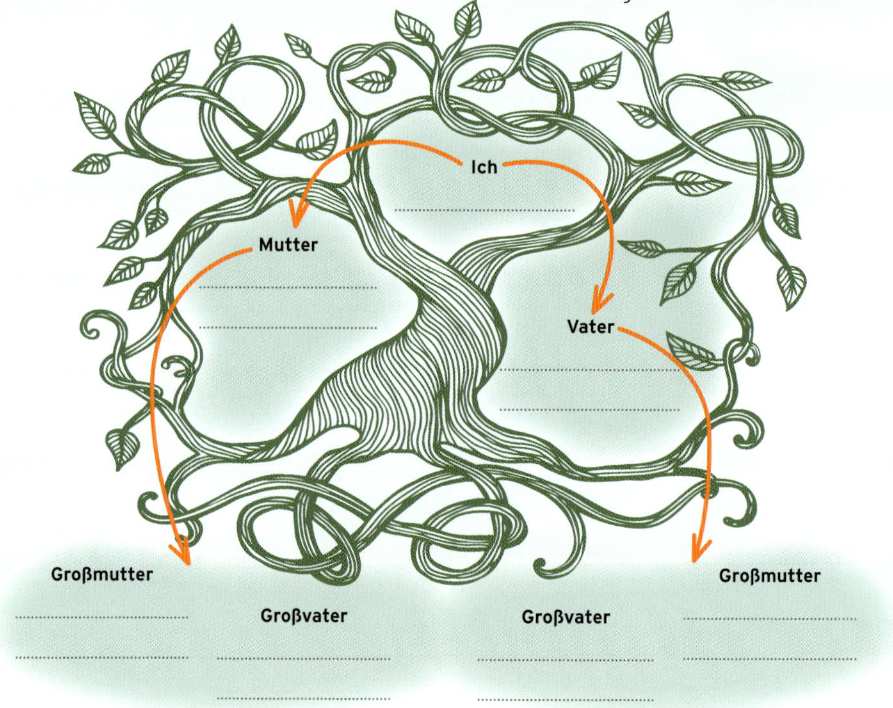

Trage die Namen ein. Wenn du Lust hast, kannst du auch das Geburtsdatum, den Geburtsort und je eine gute Eigenschaft deiner Familienmitglieder hinzufügen.

Glücksstein

Zwei Dinge sollten Kinder von ihren Eltern bekommen: Wurzeln und Flügel.

(J. W. von Goethe)

Spurensuche

Wenn du über deine Familie nachdenkst, verstehst du besser, warum du so bist, wie du bist.

Welche Eigenschaften deiner Großeltern und Eltern hast du vielleicht geerbt?

....

Kommst du mehr nach Mamas oder Papas Familie?

....

Warum glaubst du das?

....

Und was sagt deine Familie über dich:

☒ »Ganz der Papa!« ☐ »Ganz die Mama!«

Zukunft: Was möchtest du später einmal von dem weitergeben, was dir an deiner Familie gefällt? Zum Beispiel Opas gute Laune? Oder Mamas schöne Locken?

....

Mein Familiengedächtnis

Findest du Familienfeste und Verwandtschaftsbesuche ätzend? Sie können aber auch spannend sein, weil dabei oft alte Geschichten aus der Familie erzählt werden. Und wer hört nicht gerne gute Storys?

AN WELCHE GESCHICHTEN AUS DER FAMILIE DENKST DU AM LIEBSTEN?

Über Mama:

……………………………………………

……………………………………………

Über Papa:

……………………………………………

……………………………………………

Am lustigsten ist die Geschichte
über ☐ Mama ☐ Papa
Er / Sie ……………………………………

……………………………………………

……………………………………………

……………………………………………

……………………………………………

Interview mit den Großeltern

Ein kluges Sprichwort sagt: »Wenn ein alter Mensch stirbt, ist es, wie wenn eine ganze Bibliothek abbrennt.«

Befrage deine Großeltern! Was haben sie zum Beispiel in ihrer Kindheit gespielt? Wobei mussten sie ihren Eltern helfen? Welche Gegenstände, die es heute gibt, kannten sie damals noch nicht?

Tipp

Schenke deinen Eltern oder Großeltern zu einem runden Geburtstag eine Fotopräsentation über ihr bisheriges Leben. Vom Baby bis heute.

Wer steht dir am nächsten?

Trage um deinen Kreis herum die Namen deiner Eltern, Geschwister, Großeltern, Tanten und Onkel ein. Wer dir am meisten bedeutet, darf dir am nächsten sein!

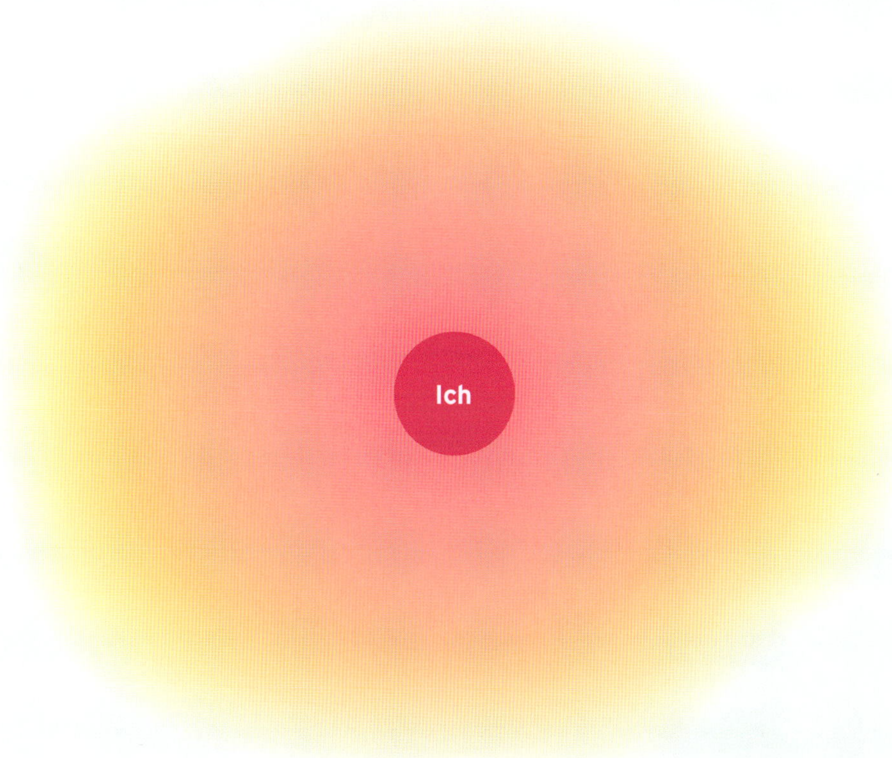

Welche netten Sätze schenkt dir deine Familie? Gibt es Worte, mit denen dich jemand gerne tröstet oder aufheitert? Schreibe diese Glücks-Wörter zu den Namen. Auch sie gehören zu deinem Familiengedächtnis.

Auf Schatzsuche

Du hast viel Gutes in dir. Doch irgendetwas in uns Menschen beschäftigt sich leider lieber mit unseren Schwächen. Die betrachtest du wie durch ein Vergrößerungsglas und denkst, du bist nichts wert. Aber das stimmt nicht. Lass uns auf eine Schatzsuche gehen!

Das kann ich super!

Welche Stärken hast du? Kümmerst du dich zum Beispiel liebevoll um dein Meerschweinchen? Kannst du witzige Strichmännchen zeichnen? Oder mit den Ohren wackeln? Wenn du nachdenkst, fallen dir bestimmt ein paar verborgene Talente ein!

Ich kann

....

Ich kann

....

Ich kann

....

Ich kann

....

Ich kann

....

Ich kann

....

Ich kann

....

Was machst du besonders gerne?

....

....

....

....

Glücksstein

Wer seine Schwächen sieht, wird schwach. Wer aber seine Stärken sieht, wird stark!

Dein persönliches »Kreuzwort«

Schreibe deinen Vornamen in Großbuchstaben von oben nach unten auf ein Blatt Papier. Nun notiere quer dazu deine Stärken, Hobbys, Lieblingstätigkeiten, Lieblingstiere ...

Das sieht dann zum Beispiel so aus:

Ist dein Vorname kurz? Nimm deinen Nachnamen dazu!

Tipp

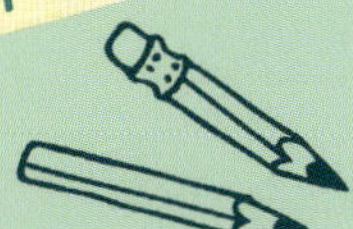

Dein »Kreuzwort« kannst du mit Zeichnungen verzieren. Wenn du ein großes Blatt und bunte Stifte nimmst, erhältst du ein ganz persönliches Poster für dein Zimmer.

Alles nur Gekritzel?

Kritzelst du gerne in der Schule in deine Arbeitshefte? Wenn der Unterricht zäh und langweilig ist? Viele tun das. Forscher haben festgestellt, dass man dabei sogar besser aufpasst, was der Lehrer gerade erklärt. Und das Beste: Deine kleinen Kunstwerke könnten vielleicht einiges über dich verraten!

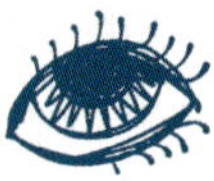

Kritzeln geschieht unbewusst

Beim Kritzeln denkt man nicht nach (das unterscheidet es vom Zeichnen). Wir wissen selbst nicht, was dabei herauskommt. Es fällt aber auf, dass wir häufig das Gleiche kritzeln. Zum Beispiel Blumen oder Kreise oder Pfeile.

Das kritzele ich am liebsten

Hier hast du Platz zum Ausprobieren – oder schau in deinen Arbeitsheften nach.

Kann ich daraus etwas über mich erfahren?

Für Laien ist es kaum möglich, etwas aus Kritzeleien »herauszulesen«. Bestimmte Motive könnten aber auf deine Stimmung hinweisen. Denn alles, was du machst, hat mit dir zu tun!

Was meinst du? Sind die folgenden Deutungen zutreffend oder liegen sie total daneben? Denk dran, es ist nur ein Spiel. Hauptsache, du hast beim Kritzeln Spaß. Denn Kritzeln entspannt ganz wunderbar.

Blumen

Du bist zufrieden und fühlst dich mit deinen Freunden wohl.

Spiralen, Kringel, Kreise

Du bist eher zurückhaltend und grübelst viel.

Dreiecke, Quadrate, Rechtecke

Du bist vernünftig und denkst gerne logisch. Es kann auch sein, dass du das Leben gerade nicht leicht findest.

Sterne

Du bist Optimist und holst gerne die Sterne vom Himmel! Bist du auch neugierig?

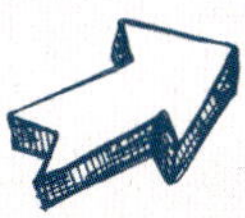

Pfeile, Leitern

Du bist ehrgeizig und willst gerne nach oben.

Zacken

Du bist vielleicht gerade genervt oder wütend.

Gitter

Du fühlst dich eingeengt. Gibt es jemanden, der dir viele Vorschriften macht?

Eigener Name

Du bist von dir überzeugt. Wer ständig seinen eigenen Namen verziert, findet sich selbst ziemlich cool.

Herzen

Du bist verliebt!

Vom Glück, sich wohlzufühlen

Wie ich gehe, so geht es mir

Weißt du, dass deine Gedanken und dein Körper eng miteinander verbunden sind? Und das ist gut so. Denn du kannst es nutzen, um dich selbst auf gute Laune zu »programmieren«. Das klingt seltsam – funktioniert aber super!

Meine Haltung – meine Laune

Mit jeder Haltung deines Körpers verbindet dein Kopf ganz bestimmte Gefühle. Das hat er so gelernt. Deshalb passt sich deine Laune immer automatisch deiner Körperhaltung an.

So trickst du dein Gehirn aus

Wenn du ständig mit hängenden Schultern herumläufst, hast du das Gefühl, eine schwere Last zu tragen. Dein Gehirn denkt das, weil deine Körperhaltung dem entspricht. Umgekehrt merkt dein Gehirn, wenn du dich aufrichtest und das Kinn hebst. Es denkt: Mir geht es gut! Darum schüttet es Glückshormone aus – und schon geht es dir noch viel besser!

Stell dir vor

Beiße die Zähne ganz fest zusammen und versuche dabei, an etwas Schönes zu denken. Das ist kaum möglich, stimmt's? Denn der fest geschlossene Mund sendet an den Kopf das Signal, dass du wütend bist. Da ist für gute Gedanken kein Platz. Genauso schwierig ist es, an etwas Schlechtes zu denken, wenn du gerade zu deinem Lieblingssong tanzt!

Glücksstein

Lächle –
und die Welt
lacht mit dir!

Kleine Änderung – große Wirkung

Alles, was man fühlt, zeigt der Körper nach außen. Die Stimmung eines Menschen kann jeder leicht an der Stellung der Mundwinkel erkennen. Das zeigen die überall auf der Welt genutzten Emojis.

Ein Bleistift als Zauberstab

Nerven deine Hausaufgaben mal wieder? Dann nimm einen Stift quer zwischen die Zähne, ohne damit die Lippen zu berühren. Nun zeigen deine Mundwinkel nach oben. Dein Gehirn denkt, du lachst. Und schon bekommst du »wie von selbst« gute Laune.

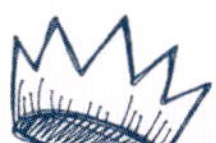

Drei kleine Schritte zum Wohlfühlen

Schultern straffen – Kinn heben – lächeln.
Je öfter du diese drei Dinge schaffst, desto mehr gewöhnt sich dein Körper daran und du gehst zufriedener durchs Leben. Man muss aufwärts blicken, um die Sterne zu sehen!

Ich entscheide selbst, wie ich mich fühle

Wenn du an etwas Trauriges denkst, weinst du. Eine lustige Erinnerung bringt dich dagegen zum Lachen. Es lohnt sich deshalb für dich, auf deine Gedanken zu achten. Sind sie eher negativ oder positiv?

Das kann auch nur mir passieren

Gedanken, mit denen du dich selbst schlecht machst, helfen nicht. Wenn du ständig negative Dinge über dich denkst, gewöhnst du dir an, dich wertlos zu fühlen. Das ist der falsche Weg, um glücklich zu werden.

Dein Glas ist halb voll

Zufriedene Menschen denken positiv. Für sie ist ein Glas immer halb voll – nicht halb leer. Wenn ihr Bleistift abbricht, denken sie nicht: »Bei mir läuft alles schief!« Sie greifen einfach zum Spitzer.

Und wenn ihre Lieblingssendung im Fernsehen zehn Minuten später beginnt, freuen sie sich, dass noch genug Zeit bleibt, in Ruhe zur Toilette zu gehen.

Ab jetzt denke ich positiv!

Mach dich selbst ganz einfach glücklich: Denke zum Beispiel an einen leckeren Teller voller dampfender Spaghetti (wenn du die gerne isst). Automatisch wandern deine Mundwinkel nach oben!

Da es förderlich
für die GESUNDHEIT ist,
habe ich
beschlossen,
glücklich zu sein.

~ Voltaire ~

Der Jammerlappen-Check

Wir reden uns gerne ein, dass alles furchtbar schlimm ist. Aber Jammern bringt nichts. Negative Gedanken ziehen dich nur runter. Finde heraus, welcher »Jammertyp« du bist – und was du dagegen tun kannst.

Wie oft denkst oder sagst du:

»Ich muss ...«
☒ oft ❍ manchmal ❍ nie

»So ein Stress!«
❍ oft ☒ manchmal ❍ nie

»Das schaffe ich doch nicht!«
❍ oft ☒ manchmal ❍ nie

»Ich trau mich nicht!«
❍ oft ❍ manchmal ☒ nie

»Das geht bestimmt schief!«
❍ oft ☒ manchmal ❍ nie

»Immer die anderen!«
❍ oft ☒ manchmal ❍ nie

»Das ist mal wieder typisch für mich!«
❍ oft ❍ manchmal ☒ nie

»Das brauche ich gar nicht zu versuchen!«
❍ oft ❍ manchmal ☒ nie

»Alle sind gegen mich!«
❍ oft ☒ manchmal ❍ nie

»Meine Lehrer sind an allem schuld!«
❍ oft ❍ manchmal ☒ nie

»Ich bin eine totale Versagerin!«
❍ oft ☒ manchmal ❍ nie

»Mein Leben ist eine einzige Katastrophe!«
❍ oft ❍ manchmal ☒ nie

»Niemand mag mich!«
❍ oft ☒ manchmal ❍ nie

»Immer ich!«
❍ oft ☒ manchmal ❍ nie

Die meisten Kreuze bei »nie«:
»Das klappt schon!«
Du bist gut darin, positiv zu denken, und siehst Chancen, wo andere Hindernisse sehen. Wenn du noch mehr für dich tun möchtest:
- Sei dankbar für alles Gute.
- Genieße schöne Augenblicke.

Auch das macht ausgeglichen und zufrieden.

Die meisten Kreuze bei »manchmal«:
»Meistens läuft es gut.«
Normalerweise kommst du gut klar. Noch besser klappt es, wenn du Folgendes schaffst:
- Nimm dir nicht zu viel auf einmal vor.
- Setze dir klare Ziele.
- Formuliere Ziele und Wünsche positiv.
- Lobe dich ruhig selbst für kleine Erfolge!

Die meisten Kreuze bei »oft«:
»Ich bin ein Volltrottel.« Du suchst echt nach Problemen. Überlege lieber jeden Abend:
- Welche drei Dinge am Tag sind für mich gut gelaufen?
- Worauf kann ich heute stolz sein?
- Welche Menschen mögen mich?

Wenn du wirklich Probleme hast, versuche sie zu lösen. Das Leben ist nicht immer einfach. Aber nur wenn du etwas tust, kannst du etwas ändern.

Das Glück kommt zu denen, die lachen

Lachen ist nicht nur ein Ausdruck von Glück. Es macht uns auch glücklich! Es ist gut für Herz, Atmung, Abwehrkräfte und Seele. Kurzum – Lachen ist gesund! Wann hast du das letzte Mal so richtig herzlich gelacht?

Vom falschen und vom echten Lachen

Man kann spöttisch lachen oder verächtlich, böse, albern oder überheblich. Doch das sind alles eigentlich eher Grimassen. Nur wenn du aus wahrer Freude lachst, strahlt dein ganzes Gesicht und deine Augen leuchten. Das kann dann auch jeder sehen.

Lachmuskel-Training

Beim Lachen bewegst du jede Menge Muskeln. Perfekte Trainingsgeräte sind lustige Filme und Bücher. Oder wie wäre es mal mit einem Witze-Nachmittag mit deinen Freundinnen?

Stell dir vor

Du brüllst gerade herum – und plötzlich zückt jemand sein Handy und will dich fotografieren. Was würdest du tun? Ihm das Handy wegnehmen? Weglaufen? Oder krampfhaft versuchen zu lächeln?

Eines ist sicher: Mit wütendem Gesicht willst du nicht »verewigt« werden. Auf gar keinen Fall! Weil du spürst, dass jeder lieber lachende Gesichter mag.

MEIN ABSOLUTER LIEBLINGSWITZ:

Humor ist, wenn du trotzdem lachst

Wenn du das Leben mit Humor nimmst, sieht die Welt gleich rosiger aus. Sind zum Beispiel die Sommerferien verregnet, bekommst du keinen Sonnenbrand. Und wenn dir vom Schokolade-Futtern übel ist, rührst du das Zeug wenigstens ein paar Tage nicht mehr an.

WELCHES BEISPIEL FÄLLT DIR EIN?

....

....

....

....

....

....

....

....

Glücksstein

Lachen ist genauso ansteckend wie Grippe. Nur schöner!

Danke für die Musik!

Trällerst du gerne Lieder? Super! Denn wie Lachen macht auch Singen gute Laune. Du atmest tiefer ein und aus. Die Stresshormone in deinem Blut nehmen ab, die Glückshormone zu. Wie gut, dass Singen nichts kostet und du es (fast) überall machen kannst.

Tipp

Gemeinsam zu singen, bringt besonders viel Spaß. Gibt es an deiner Schule einen Chor?

Ich lass die Sonne in mein Herz!

Ob du gute Laune hast, hängt auch vom Wetter ab. Trüber Wolkenhimmel und trübe Gedanken gehören irgendwie zusammen. Wenn die Sonne scheint, fühlen wir uns wohler und unternehmungslustiger.

Unter freiem Himmel

Das Wetter kann niemand ändern. Aber du kannst gutes Wetter besser für dich nutzen. Wenn du aufschreibst, wie lange du jeden Tag an der frischen Luft warst, wirst du dich wundern: Wir verbringen nur sehr wenig Zeit unter freiem Himmel!

WIE LANGE WARST DU HEUTE DRAUSSEN?

....

....

....

Licht kitzelt deine Lebensgeister

Selbst bei bedecktem Himmel tankst du Licht, das dir hilft, dich fit zu fühlen. Besonders Morgenlicht kitzelt wach. Es senkt im Blut die Menge an Melatonin, dem Hormon, das uns müde macht. Es ist also richtig super, wenn du an der Haltestelle mal wieder länger auf den Bus warten musst!

Sonnenstrahlen streicheln deine Seele

Das Licht der Sonne kurbelt im Körper die Bildung von zwei nützlichen Botenstoffen an, die für gute Stimmung sorgen. Diese Hormone heißen Dopamin und Serotonin.

Vitamin D für deine Gesundheit

Sonnenlicht regt über unsere Haut die Bildung von Vitamin D an. Das ist sehr wichtig, um gesunde Knochen und Muskeln zu haben. Vitamin D ist aber nur begrenzt speicherbar. Deshalb soll man jeden Tag nach draußen gehen.

Und was mache ich im Winter?

Im Winter sind die sonnigen Stunden selten und wir sind noch weniger draußen als in der übrigen Zeit. Manche Menschen entwickeln sogar eine Winterdepression. Sie haben dauernd das Gefühl, schlafen zu wollen, und sind traurig.

Also – raus! Am besten ohne Mütze und Handschuhe, damit das Licht deine Haut erreichen kann.

> *Glücksstein*
>
> Strahlend grüßt dich die Sonne. Strahle doch einfach mal zurück!

Schattenseiten

Die Sonne verwöhnt dich und ist für dich lebenswichtig. Doch zu viel Strahlung schadet der Haut. Lange Sonnenbäder ohne Lichtschutz solltest du daher vermeiden. Um die Mittagszeit ist die Sonneneinstrahlung übrigens am intensivsten.

Hier riecht´s aber gut!

Dein Geruchssinn kann unzählige Düfte unterscheiden. Gerüche dringen sogar schneller in dein Gehirn vor als Dinge, die du hörst oder siehst. Sie sind enger mit deinem Gefühl verbunden und bleiben viel länger in deinem Gedächtnis.

Wie riecht eigentlich Glück?

Jeder Mensch verbindet andere Gerüche mit glücklichen Gefühlen. Für dich riecht Glück vielleicht wie der Apfelkuchen deiner Oma, für deine Freundin dagegen wie ihre Katze. Unser Gehirn speichert jeden Geruch als Erinnerung ab. Die Gerüche, die wir mit schönen Erinnerungen verbinden, machen uns glücklich.

WELCHE GERÜCHE MAGST DU BESONDERS GERNE?

Den kann ich nicht riechen!

Wenn du jemanden triffst, nimmst du seinen Geruch wahr. Dafür reichen schon winzige Duftspuren aus. Da kann ein Junge noch so gut aussehen und nett sein – wenn der Typ müffelt, nützt ihm das wenig.

Die Welt der angenehmen Düfte

Ein guter Duft sorgt dafür, dass wir uns wohlfühlen. Deshalb füllt die »Welt der Düfte« in den Geschäften viele Regale. Wer bekommt da nicht Lust, einiges auszuprobieren?

Schnupperkurs für den Duftdschungel

Düfte besitzen eine Kopf-, Herz- und Basisnote.

- Die Kopfnote riechst du sofort nach dem Auftragen eines Duftes. Sie beeinflusst deine Kaufentscheidung am stärksten. Doch sie verfliegt auch schnell.
- Die Herznote hält länger. Sie ist der eigentliche Duft des Parfüms.
- Die Basisnote riechst du oft erst nach Stunden, sie bleibt am längsten haften.

Tipp

Tupfe im Geschäft je einen Duft auf deine Handgelenke und schlendere dann einige Zeit durch die Stadt. Rieche immer mal wieder an den Düften, bevor du dich entscheidest. Oder bitte um ein Pröbchen für zu Hause.

Abhängig von der Konzentration an Duftstoffen unterscheidet man:

Echtes Parfum: Es enthält 15 bis 30 Prozent Duftöle, riecht sehr intensiv, hält lange und ist sehr teuer.

Eau de Parfum (EdP): 10 bis 14 Prozent Duftöl, intensiv.

Eau de Toilette (EdT): 6 bis 9 Prozent Duftöl.

Eau de Cologne (EdC): 3 bis 5 Prozent Duftöl.

Eau de Solide (EdS): 1 bis 3 Prozent Duftöl. Es wird auch »Splash Cologne« oder »Splash perfume« genannt.

Wähle preiswerte »Body Splashes«, die frisch und fruchtig duften. Echte Parfüms riechen oft ziemlich aufdringlich, doch du merkst es selbst nicht, weil sich dein Geruchssinn daran gewöhnt hat. Andere aber rümpfen die Nase!

Nur Fledermäuse lassen sich hängen

Bewegung setzt im Körper Glückshormone frei und baut Stress ab. Das hilft dir, ruhig und zufrieden zu werden. Außerdem hebt Sport dein Selbstvertrauen. Denn wenn du dich bewegst, kommt das gute Gefühl: Wenn ich will, kann ich was erreichen.

Pure Quälerei?

Sportlehrer können echt nerven. Sie wollen, dass man sich anstrengt! Aber mal ehrlich – würdest du ohne deinen Lehrer am Beckenrand die 25-Meter-Bahn so schnell wie möglich zu schwimmen versuchen? Und ist es danach nicht doch ein gutes Gefühl, sich richtig angestrengt zu haben?

Hüpf dich happy!

Es gibt viele Arten, sich zu bewegen. Es muss nicht Joggen oder Fußball sein, wenn du das nicht gerne machst. Findest du vielleicht Seilspringen cool? Rope-Skipping bieten viele Sportvereine an. Es trainiert Ausdauer, Kraft und Rhythmusgefühl. Oder tanzt du gerne durch dein Zimmer? Auch Schwimmen ist super. Du fühlst dich leicht und kannst dabei auch mal abtauchen, wenn alles zu stressig wird 😊.

WELCHE BEWEGUNGSART MACHT DIR AM MEISTEN SPASS?

....

....

....

WIE OFT IN DER WOCHE MÖCHTEST DU DAS MACHEN?

....

....

....

So klappt es mit deinen Vorsätzen

Halten deine guten Vorsätze selten lange? Vielleicht liegt es daran, dass du dir zu hohe Ziele setzt. Wer zu viel von sich fordert, wird schnell enttäuscht.

So geht's besser

✔ Wähle eine Bewegungsart, die zu dir passt. Etwas, das dir keinen Spaß macht, lässt du ganz schnell sein.

✔ Viele kleine Erfolge motivieren besser. Beginne mit kurzen Übungseinheiten. Springe beispielsweise eine Woche lang jeden Tag nur eine Minute mit dem Seil. Wenn du Lust hast, dürfen es in der nächsten Woche dann zwei Minuten am Tag sein, usw. Japaner haben für den Weg der ständigen Verbesserung sogar ein Wort: »Kaizen«. Es besagt, dass kleine Schritte erfolgreicher sind als große Veränderungen.

✔ Überlege, ob du deinen Sport nebenbei erledigen kannst. Vielleicht lümmelst du ab jetzt beim Fernsehen nicht auf dem Sofa, sondern machst dabei Gymnastik?

Besiege das Faultier in dir!

Hart ist die dritte Woche. Die Motivation lässt nach und das Faultier in dir gähnt herzhaft. Halte durch! Nach drei Wochen hat sich dein Körper an die Bewegung so gewöhnt, dass sie dir keine Mühe mehr machen wird.

Probier´s mal mit Gemütlichkeit

Mathe lernen! Referat schreiben! Gitarre üben! An den neuen Block für Kunst denken! Stimmt, dein Alltag ist oft hektisch. Um da die Ruhe zu bewahren, hilft nur eines: Gönn dir eine Pause!

So ein Stress!

Bei Stress machen wir unbewusst zwei Dinge: Wir atmen schneller und spannen die Muskeln an, als wollten wir weglaufen. Deshalb wird Stress so gut durch Bewegung abgebaut.

Ruhig atmen – Schultern runter

Keine Zeit für Bewegung? Hier ist eine einfache Übung.

1. Stell dich hin, beide Beine fest auf dem Boden.
2. Lass deine Schultern locker nach unten hängen, so als würden Gewichte an den Händen ziehen.
3. Atme einige Male langsam und tief ein und aus.

Das tut richtig gut. Schon nach einer Minute fühlst du dich ruhiger und hast wieder Schwung für deine Aufgaben.

Wobei entspanne ich mich noch?

Entspannen kannst du überall, sogar in einem vollen Bus. Einfach Muskeln lockern und tief atmen. Oder hast du Lust, »Entspannung« richtig zu lernen? Vielleicht erlauben dir deine Eltern, einen Kurs für Autogenes Training oder Yoga zu besuchen.

Dieses Meditationsbild ist wie ein Mandala gestaltet. Mandalas kommen aus Indien, wo sie einen religiösen Sinn haben. Sie sind immer auf den Mittelpunkt ausgerichtet. So können Mandalas beim Ausmalen helfen, sich zu konzentrieren und innere Ruhe zu finden.

Vom Glück, das mit den anderen kommt

Für den ersten Eindruck gibt es keine zweite Chance

Wie oft machst du dir Gedanken darüber, was Menschen, denen du zum ersten Mal begegnest, wohl von dir denken! Und natürlich möchtest du, dass sie dich nett finden. Wusstest du aber, dass du für diesen »ersten Eindruck« nur sehr wenig Zeit hast?

Die Sprache deines Körpers

Wenn du jemanden triffst, wartet er mit seinem Urteil über dich nicht, bis ihr euch unterhaltet. Schon lange vorher spricht dein Körper zu ihm. Diese Körpersprache ist stumm, doch sie sagt mehr als tausend Worte. Und andere verstehen sie – sofort!

☛ Wie lange dauert es, bis du ein erstes Urteil über andere fällst? Eine Minute? Zehn Sekunden? Eine halbe Sekunde?

Blitzschnelle Entscheidung!

Wenn du jemanden zum ersten Mal siehst, dauert es keine halbe Sekunde, dann hast du entschieden, ob du ihn sympathisch findest oder nicht. Egal, ob ein neuer Lehrer ins Klassenzimmer kommt oder ein unbekanntes Mädchen im Bus sitzt: Du richtest dich nur nach dem, was du siehst. Also nach Körpersprache und Kleidung. Das ist nicht ganz fair, aber unser Unterbewusstsein arbeitet nun mal so.

Stell dir vor

Im Laden steht eine Verkäuferin mit ernstem Blick. Ihre Kollegin dagegen lächelt und wendet sich dir zu. Zu wem gehst du lieber? Und wie lange hast du für diese Entscheidung gebraucht? Siehst du, so funktioniert Körpersprache!

Warum urteilen wir so schnell?

Zähle bitte einmal bis zehn. Zehn Sekunden sind ziemlich lang, stimmt's?
Schon unsere Vorfahren lebten in einer gefährlichen Welt. Sie hatten keine Zeit, lange zu überlegen, wenn ein Säbelzahntiger auf sie zukam: Beißt der? Oder ist der lieb? Ist der Kerl da mit der Keule vielleicht doch ein Guter?
Wer zu lange nachdachte, wurde gefressen oder erschlagen. Überlebt haben nur Menschen, die blitzschnell entscheiden konnten.

DAS WIRKT AUF ANDERE BESONDERS SYMPATHISCH

- Ein Lächeln.
- Ein freundlicher Blick.
- Eine lockere, aufrechte Körperhaltung.

Glücksstein

Forscher haben festgestellt: Sogar Pferde merken sofort, ob du lächelst oder grimmig guckst.

Tipp

Balanciere zu Hause ab und zu ein Buch auf dem Kopf. Beim Gehen oder wenn du am Computer sitzt. So nimmst du automatisch eine gute Körperhaltung ein.

Mein Körper spricht – aber was sagt er?

Spielst du manchmal verlegen mit einer Haarsträhne? Legst du gerne fragend den Kopf schief? »Verknotest« du beim Stehen deine Beine? Dein Körper sendet viele Signale. Wie deine Angewohnheiten auf andere Menschen wirken, erfährst du durch diesen Test.

Zur Beantwortung der Fragen beobachte dich selbst, schau auf Fotos nach oder frage deine beste Freundin!

Wie stehst du gerne, zum Beispiel auf dem Pausenhof?

❍ ✱ Ich stehe schmal, aber mit beiden Beinen auf dem Boden.
❍ ★ Ich stehe breitbeinig, so wie viele Jungs.
❍ ♥ Ich kreuze ein Bein über das andere.

Was machst du mit deinen Schultern?

❍ ♥ Ich ziehe sie oft hoch. Manchmal wirken sie auch gekrümmt oder nach vorne gebeugt.
❍ ★ Ich halte sie sehr gerade. Dabei »vergrößere« ich auch gerne meinen Brustkorb.
❍ ✱ Ich lass die Schultern entspannt und locker hängen.

Wie hältst du deinen Kopf am liebsten, wenn du in einer Gruppe stehst?

❍ ★ Mein Kinn ist leicht erhoben. Mein Blick wandert von einem zum anderen und sucht Augenkontakt.
❍ ✱ Ich halte den Kopf etwas schräg und schaue die anderen an.
❍ ♥ Ich lass den Kopf hängen und schaue die anderen nicht an.

Was machen deine Arme, wenn du jemandem zuhörst?

❍ ✱ Ich lass sie locker am Körper herunterhängen.

❍ ♥ Ich presse Oberarme und Ellbogen eng an den Körper.

❍ ★ Ich verschränke meine Arme vor der Brust oder stemme die Hände in die Hüften.

Wie bewegen sich deine Hände, wenn du etwas erzählst?

❍ ♥ Ich verknote meine Finger oder knete sie. Oder ich spiele mit irgendetwas, zum Beispiel mit einer Haarsträhne.

❍ ★ Ich mache große Bewegungen.

❍ ✱ Ich halte die Hände locker vor den Körper. Oft sind dabei meine Handinnenflächen zu sehen.

Wendest du deinen Körper anderen zu, wenn du mit ihnen sprichst? Oder drehst du dich lieber von ihnen weg?

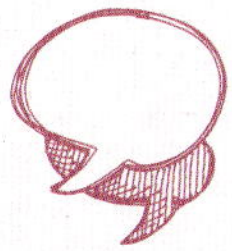

❍ ★ Ich stehe anderen genau gegenüber.

❍ ✱ Ich stehe oft ganz leicht zur Seite weggedreht.

❍ ♥ Ich stehe gerne stark weggedreht.

Wie sitzt du am liebsten auf einem Stuhl oder einer Bank?

❍ ♥ Ich sitze vorne auf der Stuhlkante. Die Hände stecke ich unter meine Oberschenkel und die Waden wickle ich um Stuhlbeine.

❍ ★ Ich lümmle mit ausgestreckten Beinen. Das wirkt cool.

❍ ✱ Ich nutze einen großen Teil der Sitzfläche. Die Arme hängen locker herab.

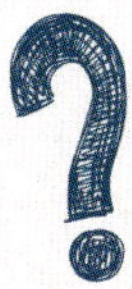

(Testauflösung auf der nächsten Seite)

So wirke ich auf andere

Überwiegend ♥:
»Ich will hier weg«

Auf andere wirkst du etwas verlegen und zurückhaltend. Würdest du dich wirklich gerne verkriechen? Das wäre völlig in Ordnung. Versuche nicht, von heute auf morgen eine selbstbewusste Körpersprache zu zeigen, nur um andere zu beeindrucken. Dieses »Theater« würde jeder merken. Hebe einfach ab und zu den Kopf, wenn du mit anderen sprichst. Oder versuche beim Sitzen immer wieder neu, die Beine vorne zu lassen. So werden dir diese »offenen« Haltungen immer vertrauter und du verlierst die Unsicherheit.

Überwiegend ✱:
»Ich will dir nichts Böses«

Dich haben wahrscheinlich viele gern, denn du wirkst umgänglich und freundlich. Die schräge Kopfhaltung zeigt Mitgefühl, das leicht abgewandte Stehen, dass du dich nicht aufdrängen willst. Mit dir kann man reden, denn du hörst zu. (Zumindest denken das andere von dir. Stimmt es auch?)

Überwiegend ★:
»Dieser Platz gehört mir«

Deine Körpersprache sagt oft: »Dieser Platz gehört mir!« Das kann sehr abweisend wirken. Dein Gegenüber weiß auch nicht, ob du wirklich so selbstsicher bist – oder einfach nur cool sein willst.

Selbstbewusstsein ist super. Doch halte dich etwas zurück, wenn du merkst, dass du zu viel Raum einnimmst. Das fällt leichter, wenn du dir klarmachst, dass andere in deiner Nähe auch Platz brauchen!

Drei Dinge,

die Mädchen gerne machen – aber nicht tun sollten

Die Armbarriere

Verschränke deine Arme nicht vor dem Körper. Auch wenn es bequem ist, weil du gerade jemandem zuhörst und deine Hände nichts zu tun haben. Denn diese Geste wirkt auf andere abweisend.
Der Grund: Mit verschränkten Armen (und Beinen) merkst du dir von dem, was andere sagen, viel weniger. Du schenkst dem anderen weniger Aufmerksamkeit – und das spürt er.

Vorhang vorm Gesicht

Verdecke dein Gesicht nicht durch nach vorne fallende Haarsträhnen. Auch wenn deine langen Haare wunderschön sind. Denn diese Geste macht dich unsympathisch.
Der Grund: Haarsträhnen machen es anderen nicht möglich, dein Gesicht schnell zu beurteilen. Sie haben dann das Gefühl, nicht genug von dir zu sehen – und denken, dass du etwas zu verbergen hast.

Auf die Pelle rücken

Dränge dich nicht dicht an andere Personen heran. Auch wenn du sie supernett findest und es ihnen zeigen möchtest. Denn diese Geste lässt dich aufdringlich wirken.
Der Grund: Jeder Mensch hat das Bedürfnis nach Abstand. Wer anderen ungefragt zu nahe kommt, wirkt bedrohlich.

Rücksicht ist Herzenssache

Gutes Benehmen: Das klingt ziemlich »out«, oder? Nach Leuten, die steif dasitzen und wissen, wie man im Nobelrestaurant mit Messer und Gabel isst. Dabei geht es bei Manieren um etwas ganz Einfaches, das immer »in« sein wird: um Rücksicht auf andere.

Warum ist gutes Benehmen wichtig?

Mit gutem Benehmen zeigst du anderen: Du bist mir wichtig, und ich will, dass wir uns zusammen wohlfühlen. Ein nettes »Danke« oder »Bitte« freut jeden. Menschen mit schlechtem Benehmen werden dagegen missachtet, weil sie selbst andere missachten.

DIE SUPER-REGEL!

Meine Freiheit hört dort auf, wo ich andere zu stören beginne.

Wer sich an diese einfache Regel hält, bei dem kann nicht mehr viel schieflaufen. Wenn du ...

- ... mit offenem Mund schmatzt, ist es für andere unappetitlich.
- ... zu fremden Erwachsenen ungefragt Du sagst, empfinden diese das als respektlos.
- ... im Schwimmbecken anderen in die Bahn schwimmst, müssen diese ausweichen.
- ... in öffentlichen Verkehrsmitteln etwas isst oder trinkst, besteht die Gefahr, dass du anderen die Kleidung beschmutzt. Außerdem riecht nicht jeder gerne Pommes mit Mayo.

FÄLLT DIR EIN BEISPIEL EIN, BEI DEM DICH DIE SCHLECHTEN MANIEREN ANDERER STÖREN?

....

....

....

....

....

....

....

Warum sage ich so ungern »Entschuldigung«?

Das Wort »Entschuldigung« kommt dir so schwer über die Lippen, weil du damit eine Schuld eingestehst. Und wer gibt schon gerne Fehler zu!

Eigentlich kannst du dich aber gar nicht selbst »entschuldigen«. Nur ein anderer kann die Schuld von dir nehmen, dir also verzeihen. Besser ist daher der Satz: »Entschuldige bitte.« Auch ein ehrliches »Es tut mir leid« stimmt andere wieder sanft.

Dürfen mir Fremde sagen, dass ich etwas falsch mache?

Vielleicht ist es dir schon passiert, dass sich ein fremder Erwachsener über dein Benehmen beklagt hat. Zum Beispiel in der Eisdiele, weil du mit deinen Freundinnen zu laut warst. Und natürlich warst du darüber sauer. Sei lieber dankbar, wenn dir jemand sagt, dass du dich gerade falsch benimmst. Nur durch solche Hinweise kannst du lernen, es besser zu machen. Man bekommt viel zu selten gesagt, dass man andere stört.

Schau in Gesichter, nicht aufs Display

Ständig online, immer erreichbar. So verbringen viele Jugendliche ihre Zeit und schauen dabei rund hundertmal aufs Display. Das sind drei Stunden – jeden Tag!

Warum will ich dauernd aufs Display gucken?

Jeder Mensch braucht Anerkennung und Lob. Für dich fühlt sich jeder Kontakt und jedes Like im Netz gut an und macht dich glücklich. Wie ein Stück Schokolade. Außerdem kannst du tippend perfekt vor unangenehmen Dingen flüchten. Langeweile, Hausaufgaben, die eigene Schüchternheit – das alles verdrängst du »online«. Hast du schon bemerkt, dass du, wenn du traurig bist, dein Handy häufiger nutzt als an glücklichen Tagen?

BEI MIR PIEPT'S DEN GANZEN TAG!

»Gute Nacht.«

»Ja. Bis morgen.«

»Ja.«

»Hab schon geschlafen.«

»Ach so.«

»Bussi.«

Kommt dir das bekannt vor? Du bist übers Handy im Dauergespräch mit anderen. Aber unterhältst du dich noch genug im echten Leben? Je mehr du echte Gespräche durch künstliche ersetzt, desto unglücklicher wirst du!

Wer nicht tippt, ist draußen

Bekommst du Herzklopfen, wenn das Display bei einer neuen Nachricht aufblinkt? Weil du den Druck spürst, sofort antworten zu müssen? Weil sonst jemand gleich beleidigt ist oder Zoff macht? Und dazu ständig diese Angst, was zu verpassen! Das Netz kann echt stressen!

Behandle dich genauso gut wie dein Smartphone!

Dein Smartphone funktioniert nur, wenn sein Akku immer wieder aufgeladen wird. So ist es auch bei dir. Auch du brauchst Offlinezeiten zum Auftanken!

- Werde dir bewusst, wie oft du aufs Handy schaust.
- Wenn du Lust bekommst, gedankenlos aufs Display zu gucken: Schultern locker – ruhig atmen! So geht der Anfall vorüber.
- Schließe mit dir einen Vertrag: Ich schaue beim Frühstück nicht aufs Handy. Wenn das gut klappt, kannst du eine zweite, dritte ... Pause am Tag einführen.
- Erzähle deinen Freunden von den Auszeiten. Sag ihnen, wie anstrengend du es findest, immer gleich antworten zu müssen. Echte Freunde werden das verstehen. Und wer dann immer noch beleidigt ist, ist selbst schuld.

Ob ich das schaffe?

Du bist stärker, als du denkst. Deine Belohnung ist das gute Gefühl, nicht mehr von Likes und Nachrichten abhängig zu sein. Und das Glück darüber, wieder Herrscherin über deine Zeit zu sein. Nicht die Beherrschte!

Bin ich ein Smombie?

Smartphones sind super. Das Kino-Programm, der Busfahrplan, alles ist sofort verfügbar. Nervig wird es, wenn du zu sehr von deinem Handy begeistert bist. Wie nutzt du das Internet? Bis du schon ein Smombie (Smartphone-Zombie)?

Die Benachrichtigungstöne sind bei meinem Smartphone

❍ ✱ ... immer ausgeschaltet.
❍ ♥ ... rund um die Uhr an.
❍ ★ ... nachts ausgeschaltet.

Ich verschiebe wichtige Sachen wie Hausaufgaben oder Instrument üben, weil ich chatten muss,

❍ ♥ ... ständig.
❍ ✱ ... fast nie.
❍ ★ ... häufig.

Wenn ich mein Smartphone mal zu Hause vergesse,

❍ ★ ... fühle ich mich fast erleichtert.
❍ ♥ ... fühle ich mich furchtbar unwohl.
❍ ✱ ... ist es mir ziemlich egal.

Ich beantworte Nachrichten meiner Freunde

- ❍ ✱ … nur, wenn ich Zeit und Lust dazu habe.
- ❍ ★ … vor allem, weil ich Angst habe, sonst nicht dazuzugehören.
- ❍ ♥ … wahnsinnig gerne. Am Frühstückstisch, im Kino, im Bett.

Wenn ich mit Freundinnen an der Haltestelle stehe,

- ❍ ✱ … unterhalte ich mich gerne über alles Mögliche, ohne an mein Smartphone zu denken.
- ❍ ♥ … stehen wir meist stumm nebeneinander und beschäftigen uns mit unseren Smartphones.
- ❍ ★ … zeigen wir uns gerne gegenseitig Sachen auf unseren Displays und sprechen darüber.

Überwiegend ✱:
Bei dir kann nichts schiefgehen!

Du hast ein supercooles Verhältnis zu deinem Smartphone – oder du besitzt noch keins 😊. Deine Freunde haben keinen Grund, eifersüchtig auf die Zeit zu sein, die du mit dem »Teil« verbringst. Und wahrscheinlich weißt du darüber Bescheid, dass alles, was du im Netz machst, Spuren hinterlässt.

Überwiegend ★:
Noch ein Foto. Noch ein Smiley!

Du antwortest auf jede Nachricht, und wenn es nur mit einem wütenden oder küssenden Emoji ist. Niemand soll glauben, du wärst gerade »off«. Doch eigentlich fühlst du dich dabei unwohl. Beste Voraussetzung für eine Handy-Diät! Vielleicht zusammen mit deinen Freunden?

Überwiegend ♥:
Hauptsache, es piept!

Deine Freunde sind online immer bei dir. Wer aber im echten Leben mit dir zusammen ist, verliert. Denn du missachtest sie durch die ständige Aufmerksamkeit für dein Smartphone. Was da jetzt nicht hilft: ein schlechtes Gewissen. Beginne, dein Handy seltener zu nutzen. Je früher du das lernst, desto besser. Lass es einfach mal zu Hause, wenn du weggehst. Du wirst sehen: Deine Welt bricht nicht zusammen.

Freunde sind echte Glücksbringer

Freunde sind etwas Wundervolles. Gemeinsam geschriebene Klassenarbeiten, eine coole Fahrradtour, Zusammenhalt bei Ärger – das alles verbindet Freunde. Manchmal ein Leben lang!

Warum fühle ich mich mit meinen Freunden so wohl?

Gemeinsam ist das Leben einfach leichter. Das war schon in der Steinzeit so. Nur als Gruppe schafften es die Jäger, ein Mammut zu erlegen. Auch du spürst heute noch, dass dir die Gruppe guttut. Freunde geben dir das wohlige Gefühl, gemocht zu werden und liebenswert zu sein.

Stell dir vor

Hast du heute schon gespürt, dass dich jemand mag? Und wie war das? Mit Sicherheit ein gutes Gefühl, oder?

So pflegst du deine Freundschaften

- Umgib dich vor allem mit Menschen, die dir wichtig sind und dir guttun.
- Halte dich nicht für etwas Besseres als andere. Du bist es nicht.
- Pflege lieber zwei oder drei gute Freundschaften als zu viele oberflächliche.
- Behandle deine Freunde so, wie du selbst behandelt werden möchtest. Denn was du gibst, bekommst du zurück. Wenn du lästerst – lästert man über dich. Wenn du hilfst – hilft man auch dir.

MEIN FREUNDESKREIS

Stehst du mit deinen Freuden auch so gerne im Kreis zusammen? Zum Beispiel auf dem Pausenhof? Schau dabei in die Gesichter der anderen:

Mit wem hast du den meisten Spaß? ....

....

Mit wem kannst du am besten reden? ....

....

Wem vertraust du am meisten? ....

....

Mit wem würdest du durchs Feuer gehen? ....

....

Wer hilft dir am häufigsten? ....

....

Glücksstein

Deine Freunde mögen dich, wie du bist und verstehen dich – auch, wenn du mal spinnst.

Was sich liebt, das neckt sich

Gehörst du zu denen, die gerne witzige Sprüche über andere machen und es eigentlich nett meinen? Das kann ziemlich ins Auge gehen! Denn nicht jede Freundin versteht diese Art von »Spaß«.

Necken – spotten – mobben

Der Unterschied zwischen einer liebevoll gemeinten Neckerei und fiesem Mobbing ist manchmal klein.

»Hallo, Melone!«

Kann ja sein, dass deine Freundin Melanie heißt und gerne Melonen futtert. Ist sie aber auch ein wenig pummelig, kommt diese Begrüßung bestimmt nicht so gut bei ihr an.

Beobachte die Körpersprache deiner Freunde. Wie reagieren sie auf deine Sprüche. Senken sie den Kopf? Drehen sie sich leicht von dir weg? Dann finden sie deine Späße unangenehm!

Sei besser nett, anstatt zu necken. »Schön, dich zu sehen!«, klingt viel netter als »Hallo, Melone!« Mehr braucht es manchmal nicht für eine bessere Welt.

Worte können Waffen sein

Es schmerzt uns am meisten, wenn wir von einem anderen Menschen verletzt werden. Wenn du dich zum Beispiel selbst in den Finger schneidest, tut dir das nicht so weh, als wenn dich ein anderer mit dem Messer ritzt. Auch Worte können Waffen sein. Es verletzt tief, wenn uns jemand beleidigt!

Achte auf deine
Gedanken,
denn sie werden deine **WORTE.**
Achte auf deine Worte,
denn sie werden *deine Taten.*
Achte auf deine Taten,
denn sie werden
deine *Gewohnheiten.*
Achte auf deine Gewohnheiten,
denn sie werden dein **CHARAKTER.**
Achte auf deinen Charakter,
denn er wird *dein Schicksal.*

~ Aus dem Talmud ~

Auch ein Streit hat positive Seiten

Mit anderen zusammen zu sein, ist schön, aber nicht jeden Tag leicht. Gibt es in deiner Familie oder mit deinen Freunden gerade Stress und Streit? Sogar das hat gute Seiten! Denn wenn ihr es schafft, miteinander zu reden und wieder aufeinander zuzugehen, versteht ihr euch besser als zuvor.

Miteinander sprechen – nicht übereinander!

Hast du dich schon einmal über eine Freundin so richtig geärgert? Und dann nicht mit ihr darüber gesprochen, sondern dich bei anderen beklagt? Weitergeholfen hat das wohl kaum. Sprich das nächste Mal lieber in Ruhe mit deiner Freundin über euer Problem. Nur so könnt ihr es aus der Welt schaffen.

Glücksstein

Dinge werden nur kompliziert, wenn du dich für zu wichtig hältst. Nimm dich zurück – und alles wird einfach.

Tipp

Diese Fragen helfen dir, besser mit einer schwierigen Situation unter Freunden klarzukommen:

- **War der Vorfall wirklich so schlimm?**
- **Was wünsche ich mir für unsere Freundschaft in der Zukunft?**
- **Was würde ich anderen in dieser Situation raten?**

Was hast du dir dabei gedacht?

Niemand kann Gedanken lesen. Deine innere Welt, deine Gefühle sind für andere unsichtbar. Wenn du verstanden werden willst, musst du erzählen, was in dir vorgeht.

Frieden ist eine Kunst

Andere einfach anbrüllen bringt nichts. Ein guter Streit will gut vorbereitet sein!

Vor dem Streitgespräch:

1. Denk an schöne Dinge, die ihr zusammen erlebt habt. Das stimmt dich milder.
2. Versuche, dich in die anderen hineinzuversetzen. Sind beispielsweise die strengen Regeln deiner Eltern ein Problem? Sieh das Ganze einmal von deinen Eltern aus: Sie wollen nur, dass dir nichts geschieht – weil sie dich lieben!
3. Schreibe deine Wut auf. In Worte gefasst, wirkt sie kleiner.
4. Überlege dir eine Lösung für euer Problem. Findest du eine Absprache, mit der alle zufrieden sein können?

Während des Gesprächs:

1. Gib acht, andere ausreden zu lassen.
2. Sprich an, was der andere tut und wie du dich dadurch fühlst. Sage: »Es macht mich wütend, wenn du dich in meine Sachen einmischst.« (Nicht: »Du mischst dich ständig ein!«)
3. Gib nach, wenn du kannst. Auf etwas zu beharren, nur um zu »gewinnen«, macht nicht glücklich. Was geschehen ist, ist geschehen und lässt sich nicht mehr ändern.
4. Trefft eine klare Regelung für die Zukunft.

Ich bin aber immer noch sauer!

Wenn es in dir ein paar Stunden nach dem Streit noch grummelt, habt ihr keine echte Lösung gefunden. Bei einem guten Kompromiss kommt man einander so entgegen, dass sich alle wohlfühlen. Im Englischen nennt man das eine Win-win-Situation: Jede Seite »gewinnt« sozusagen etwas.

Tu Gutes – und es geht dir gut!

Was ist noch schöner, als Hilfe zu bekommen? Richtig, anderen Menschen zu helfen und in dankbare Gesichter zu blicken. Jemandem eine Freude zu bereiten, ist deshalb eine super Gelegenheit, dir selbst etwas Gutes zu tun.

Warum macht Helfen so glücklich?

Gutes zu tun, macht gute Laune, weil du das »Ergebnis« deiner Tat sofort spüren kannst. Wenn du in ein freundliches Gesicht schaust, löst das in deinem Gehirn das Gefühl von Wohlbehagen aus.

DIE KETTENREAKTION DES GLÜCKS:

1. Du bereitest jemandem eine Freude.
2. Du siehst sein dankbares Lächeln.
3. Dein Gehirn meldet gute Laune.
4. Die Freude des anderen »belohnt« dich für deine gute Tat.
5. Du bekommst Lust, auch weiter Gutes zu tun!

Warum weine ich manchmal bei Filmen?

Wir Menschen haben die Fähigkeit, für andere »Mitgefühl« zu empfinden – also zu fühlen wie sie. Das funktioniert sogar bei einem Film oder Buch. Du weinst oder lachst, weil du dich in die Gefühle des Helden hineinversetzen kannst.

Glücksstein

Sei dankbar!
Wer sich bedankt, macht andere glücklich!

Stell dir vor

Du kannst dir gut vorstellen, wie andere sich fühlen. Daher reicht es, wenn du nur daran denkst, wie sich deine Freundin über deine Hilfe freuen wird – und schon bist du selbst gut drauf.

Was ist denn »Altruismus«?

Das Wort Altruismus (vom lateinischen *alter* »der andere«) wird oft mit »selbstlosem Handeln für andere« übersetzt. Zum Beispiel, wenn jemand nach einer Flut in das überschwemmte Gebiet fährt, um dort beim Aufräumen zu helfen.

Und was kann ich für andere tun?

Um zu helfen, musst du nicht ins nächste Katastrophengebiet reisen. Hilfe kann ganz unterschiedlich aussehen:

- Hast du Lust, ab jetzt jeden Monat einen kleinen Teil deines Taschengelds für einen guten Zweck zu spenden?
- Kannst du einer alten Nachbarin beim Einkaufen helfen?
- Gibt es in deiner Nähe eine Jugendgruppe der Feuerwehr oder des Roten Kreuzes, bei der du Mitglied werden kannst?

Was wir alleine nicht schaffen ...

Bestimmt fallen dir viele Möglichkeiten ein, anderen zu helfen. Und vielleicht kannst du sogar deine Freundinnen dazu bringen, mit dir gemeinsam Gutes zu tun 😊.

Vom Glück, gut angezogen zu sein

Warum gibt es eigentlich Mode?

Alle Menschen wollen schön sein. Und sie wollen sogar schöner sein als andere! Schon in der Steinzeit wurde vor allem die Frau beneidet, die ein besonders edles Fell um ihre Schultern trug. Denn es wärmte sie super und zeigte, dass ihr Mann ein guter Jäger war.

Was hat Mode mit Glück zu tun?

Wer von anderen bewundert und beneidet wird, fühlt sich gut. Aber meistens nicht lange. Denn bald kommt jemand, der ein noch schöneres Fell um die Schultern trägt. Oder sogar zwei Felle. Das eine vielleicht weiß und das andere schwarz!

Jede Mode kommt aus der Mode

Sich immer nach der neuesten Mode zu richten, macht nicht glücklich. Im Gegenteil. Es ist wahnsinnig anstrengend und nervend, ständig den neuesten Trends hinterherzulaufen und sich mit anderen zu vergleichen.

Stell dir vor

Ist es für dich wichtig, wie deine Freundinnen angezogen sind? Und ist für deine Freundinnen wichtig, was du anziehst?

Was ist ein Trend?

Wenn immer mehr Menschen anfangen, eine ganz bestimmte Hosenform, Blusen mit Rüschen oder die Farbe Rot gut zu finden und zu tragen, ist das ein »Trend«, also eine neue Moderichtung.

WELCHE TRENDS WERDEN GERADE IN DEN MODEZEITSCHRIFTEN BEWORBEN?

Welchen Trend machst du gerne mit? ....

....

Welchen Trend findest du nicht gut? ....

....

Glücksstein

Glücklich ist, wer seinen eigenen Stil suchen und finden darf.

Kaufst du gerne Kleidung?

Sitzt bei dir das Geld für Mode locker? Oder sind dir Klamotten ziemlich egal? Die folgenden Fragen helfen dir zu entdecken, ob du dabei bist, ein »Modeopfer« zu werden. Es ist für dich gut, deine Kaufgewohnheiten zu kennen!

Du siehst im Geschäft die Riesenauswahl an Klamotten. Was denkst du?

❍ ✱ Cool! Ich wollte eigentlich nur einen Pulli. Aber bestimmt kaufe ich noch mehr!

❍ ★ Oje, ob ich hier was finde?

❍ ♥ Da hinten hängen die Pullis. Da gehe ich gleich hin.

Fühlst du dich besser, wenn du Markenkleidung trägst?

❍ ♥ Ist mir egal. Hauptsache, ich finde das Teil hübsch.

❍ ✱ Klar. Hoffentlich sieht jeder das Logo!

❍ ★ Logos sind mir eher peinlich.

Beeinflusst dich Werbung für Mode?

❍ ★ Mode interessiert mich kaum.

❍ ♥ Wenn Prospekte herumliegen, blättere ich darin.

❍ ✱ Ich informiere mich stundenlang, was es Neues gibt!

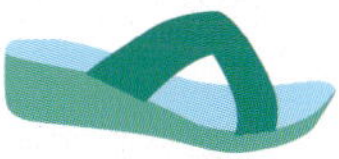

Mit wem kaufst du am liebsten ein?

- ❍ ♥ Ich gehe alleine los. Dann stört mich niemand beim Überlegen, was mir am besten gefällt.
- ❍ ✱ Mit meiner besten Freundin. Das macht richtig Laune!
- ❍ ★ Mit meiner Mutter. Sie berät mich gut.

Du bekommst von deiner Oma Geld. Was machst du?

- ❍ ✱ Ich verabrede mich mit meiner Freundin sofort zum Shoppen.
- ❍ ♥ Ich überlege, was ich in nächster Zeit brauchen könnte.
- ❍ ★ Ich bringe es auf mein Sparkonto.

Dein Vater möchte mit dir darüber sprechen, wofür du dein Taschengeld verwendest. Wie fühlst du dich?

- ❍ ♥ Mir geht es gut. Alles ist im grünen Bereich.
- ❍ ★ Ich fühle mich unsicher, obwohl ich mir kaum was kaufe.
- ❍ ✱ Hilfe! Bestimmt schimpft Papa, weil ich zu viel ausgebe.

Überwiegend ★:
Du bist sehr sparsam.
Gut, dass du mit Geld vorsichtig umgehst. Aber es ist völlig in Ordnung, wenn du dir ab und zu ein schönes Teil gönnst. Das gehört dazu, um zu lernen, wie man mit Geld umgeht.

Überwiegend ♥:
Du bist ziemlich clever.
Dein Umgang mit Geld ist sehr vernünftig. Du gibst dein Geld nicht aus, ohne darüber nachzudenken. Doch wenn dir ein Shirt wirklich gefällt, greifst du ohne schlechtes Gewissen zu.

Überwiegend ✱:
Hallo, du Modeopfer!
Du hast gerne Spaß, auch beim Geldausgeben. Wegen neuer Klamotten ständig knapp bei Kasse zu sein, kann aber ungemütlich werden! Denk dran, bekannte Modemarken sind nur bekannt, weil sie viel Geld für Werbung ausgeben. Und du bezahlst sie mit.

Wünsche wachsen leider nach

Vielleicht hast du es schon erlebt: Du musst unbedingt diese neue Tasche haben, die jetzt alle haben. Und beim Kauf bist du total happy! Aber dann verlierst du bald das Interesse an dem Teil.

Besitz macht nicht glücklich

Forscher haben festgestellt, dass alle Menschen so ticken. Der Kauf macht uns kurz glücklich, nicht aber der Besitz. Ist ein Wunsch erfüllt, wächst bald ein neuer nach – während wir uns an das, was wir haben, sehr schnell gewöhnen.

Denk an die Umwelt!

Ständig Neues zu kaufen, schadet nicht nur deiner Geldbörse. Darunter leidet auch unsere Umwelt. Denn die Herstellung von Kleidung verschlingt ungeheure Mengen kostbarer Rohstoffe – egal, ob du dich für Kleidung aus Synthetik, Baumwolle, Leinen oder Seide entscheidest.

WELCHES TEIL HAST DU DIR KÜRZLICH GEKAUFT?

....

....

UND HAST DU NOCH IMMER SPASS DARAN? WENN JA, WARUM?

....

....

....

Glücksstein

Wenn weniger neue Kleidung gekauft wird, ist unsere Umwelt sehr glücklich!

Böses T-Shirt ...

Zur Herstellung eines einzigen Baumwoll-T-Shirts braucht man Tausende Liter wertvollen Wassers. Dazu kommen Düngemittel und Insektenschutzmittel für die Baumwolle. Und Energie für Aussaat und Ernte, die Herstellung und den langen Transport ins Geschäft.

... für 3,99 Euro!

Billige Massenmode aus Asien oder Afrika wird sehr selten von glücklichen Arbeitern hergestellt – und teure Mode auch nicht immer!

Stell dir vor

Möchtest du jeden Tag viele Stunden lang an einer Nähmaschine sitzen? In einer heißen, lauten Fabrikhalle? Für einen Lohn, der kaum zum Leben reicht? Das müssen Kinder in armen Ländern oft tun. Sie gehen in keine Schule. Ob sie glücklich sind?

Was kann ich tun?

- Mach dich mit deinen Eltern im Internet unter dem Stichwort »Ökobilanz« schlau. Du wirst staunen, wie schlecht zum Beispiel Jeans für die Umwelt sind!
- Überlege beim nächsten Stadtbummel, ob du wirklich neue Klamotten brauchst.
- Tauschbörsen und Secondhand-Läden (Mode aus zweiter Hand) sind Möglichkeiten, ein schickes Teil gebraucht zu erstehen.

Sprichst du schon Fashion?

Die Welt der Mode ist voller englischer Begriffe. Vielleicht kennst du sie schon. Wenn nicht, dann wirst du gleich ein bisschen schlauer 😊. Was verbirgt sich hinter den folgenden englischen Begriffen?

1. Boot Cut
2. Beanie
3. Boyfriend-Jeans
4. Catwalk
5. Fashion Victim
6. Grunge Style
7. High Heels
8. Hoody
9. »in« and »out«
10. Label
11. Longsleeve
12. Must-have
13. Neckholder
14. Outfit
15. oversized
16. Sneaker
17. Top
18. Used Look
19. Wedges
20. Zipper

fashion fashion

A
»grunge« = dreckig: Die Kleidung ist bewusst schmuddelig.

B
Etikett oder Schildchen einer Marke

C
weit geschnittene Kleidung, die wie zu groß wirkt

D
Schuhe mit Absätzen über zehn Zentimeter Höhe

E
T-Shirt mit langen Ärmeln

F
weite Jeans, die wie Hosen von Jungs aussehen

G
Reißverschluss

H
Hose, die unten weit ist. Die Stiefel trägt man darunter.

I
Oberteil

J
Drinnen und draußen; gemeint ist »modern« und »unmodern«.

K
Mütze, die hinten sackförmig herunterhängt

L
Kapuzenpulli

M
rückenfreies Oberteil, das im Nacken gebunden wird

N
neue, alt aussehende Kleidung; z. B. Jeans mit Rissen

O
Laufsteg für Models

P
etwas, das jeder haben will, weil alle es haben

Q
Turnschuh

R
Modeopfer. Solche Leute wollen nie das Falsche anhaben.

S
Kleidung

T
Keilabsatz

Auflösung: 1H; 2K; 3F; 4O; 5R; 6A; 7D; 8L; 9J; 10B; 11E; 12P; 13M; 14S; 15C; 16Q; 17I; 18N; 19T; 20G

Ich will die gleichen Klamotten wie mein Star!

Stars haben einen gewaltigen Einfluss auf das, was wir gerne anziehen. Deine Lieblingssängerin trägt das coole Glitzertop einer bekannten Marke? Natürlich willst du dann aussehen wie sie! Du musst dieses Top unbedingt haben!

Was ist eine Mode-Ikone?

Mode-Ikonen nennt man Menschen, die sich schön und stilsicher anziehen und dadurch für viele andere zum Vorbild werden. Oft werden Stars zu Mode-Ikonen.

Die Kopier-Falle

Andere einfach zu kopieren, ist keine gute Idee. Was einem Star oder deiner Freundin perfekt steht, muss bei dir noch lange nicht gut aussehen.

WELCHES KLEIDUNGSSTÜCK DEINES LIEBLINGSSTARS GEFÄLLT DIR AM BESTEN?

....

....

....

....

....

....

Tipp

Veranstalte mit deiner besten Freundin einen Tauschnachmittag. Zieht dabei Pullis, T-Shirts (oder was ihr wollt) der anderen an und macht Fotos von euch. Siehst du mit der Kleidung deiner Freundin aus, wie du es dir vorgestellt hast? Schau genau hin!

Male das Bild an: In welchem Outfit würdest du als Star gerne auf dem Catwalk stehen?

Was passt wirklich zu mir?

Dein Körper verändert sich gerade sehr. Mädchen, die bisher dünn waren, bekommen jetzt runde Hüften. Und das kleine Pummelchen wird plötzlich groß und schlaksig, mit viel zu langen Armen und Beinen. Das kann einen schon in den Wahnsinn treiben, oder?

STELL DICH VOR DEN SPIEGEL UND BETRACHTE DEINE FIGUR.

Was magst du an ihr? ....

....

....

Was stört dich an ihr? ....

....

....

Was würdest du gerne ändern? ....

....

....

Finde deine Schokoladenseite!

Jede Figur kann durch kleine Tricks besser aussehen. Auf den folgenden Seiten findest du Tipps, die deine Schokoladenseite betonen. Sie verändern dich nicht – aber sie holen das Beste aus dir heraus.

Drei grundsätzliche Modesünden, die keiner begehen sollte

- Kaufe nichts, nur weil es gerade »in« ist!
  Nicht jeder Modetrend passt zu dir. Trage nur, was DIR wirklich gut steht. Alles andere lass lieber sein!
- Trage keine zu enge Kleidung!
  Oder willst du wie in einer Wurstpelle durch die Gegend laufen? Wenn ein tolles Shirt nicht in deiner Größe da ist – kaufe es besser nicht.
- Unterwäsche sollte nie zu sehen sein!
  Es ist überhaupt nicht sexy, wenn beim Bücken die Unterhose aus dem Jeansbund ragt. Mach lieber beim Kaufen deiner nächsten Hose den Bücktest in der Kabine.

Glücksstein

Andere merken, wenn du zu deinem Typ passend gekleidet bist. Sie lächeln dich an – und du fühlst dich wohl.

Zaubertricks für kleine zierliche Mädchen

Trägst du gerne weite Sachen, um größer zu wirken? Dann lass es in Zukunft lieber. In weiter Kleidung »versinkst« du und siehst nur noch kleiner aus, als du bist. Hier sind Tipps, die dich größer »schummeln«:

1. Betone deine Figur durch schmale Schnitte.
2. Trage kurze Oberteile, Röcke und Kleider.
3. Helle Farben machen dich sichtbar.
4. Teile deinen Körper nicht optisch.
   - Verzichte auf Gürtel, sie »unterbrechen« deine Figur.
   - Trage Oberteil, Hose / Rock und Schuhe im selben Farbton.

5. Deine Beine wirken länger durch ...
   - Hosen und Röcke, die im Bund hoch geschnitten sind.
   - Hose oder Rock, Strümpfe und Schuhe im selben Farbton.
   - helle, haut- oder cremefarbene Strümpfe und Schuhe.
6. Alles, was dich optisch streckt, ist perfekt! Nutze dazu ...
   - V-Ausschnitte.
   - lange Schals oder Ketten.
   - Oberteile mit mittiger Knopfleiste oder Reißverschluss.
   - Längsstreifen als Muster (super auf schmaler Hose).

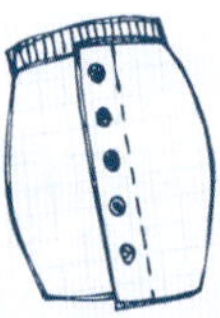

DEINE FREUNDE IM KLEIDERSCHRANK

Helle Farben
Kurze Blusen und Jacken
Boleros
Shorts, kurze Röcke
Enge Röhrenjeans

DEINE FEINDE IM KLEIDERSCHRANK

Dunkle Farben
Maxikleider
Weite und lange Oberteile
Lange Hosen, bei denen der Saum auf dem Schuh aufliegt
Jeans mit Schlag

Bitte mehr Po!

Helle Jeans mit schön großen, schräg angesetzten Gesäßtaschen zaubern Fülle. Super sind auch Stickereien auf den Taschen oder gut sichtbare Reißverschlüsse!

Darf ich High Heels tragen?

Natürlich wären Schuhe mit hohen Absätzen toll, um groß zu wirken. Doch sie ruinieren leider die Füße. Besser für dich sind Ballerinas, die vorne spitz zulaufen. Das streckt auch super!

Dein Haartrick

Deine langen Haare kannst du gerne offen tragen, wenn es dich nicht stört, klein zu sein. Ein hübscher Pferdeschwanz oder hoch aufgesteckte Frisuren strecken dich dagegen optisch perfekt!

Zaubertricks für kleine rundliche Mädchen

Zwängst du dich in enge Kleidung, um schlanker auszusehen? Lass es in Zukunft lieber. Gerade enge Hosen und T-Shirts betonen deine Speckröllchen und du wirkst noch pummeliger. Hier sind Tipps, die dich größer und schlanker aussehen lassen.

1. Trage keine engen Sachen.

2. Deine Oberteile sollen locker über die Hüften reichen.

3. Dunkle Farben lassen Pölsterchen »schmelzen«.
   Wähle Stoffe ohne Glanz. Glanz und Glitzer macht dick.

4. Teile deinen Körper nicht optisch.
   - Verzichte auf Gürtel, sie »unterbrechen« deine Figur.
   - Trage Oberteil, Hose oder Rock und Schuhe im selben Farbton.

5. Deine Beine wirken länger durch ...
   - Hosen und Röcke, die im Bund hoch geschnitten sind.
   - Hose oder Rock, Strümpfe und Schuhe im selben Farbton.
   - helle, haut- oder cremefarbene Strümpfe und Schuhe.

6. Alles, was dich optisch streckt, ist perfekt! Nutze dazu ...
   - V-Ausschnitte.
   - lange Schals und Ketten (je zarter, desto besser!).
   - Längsstreifen als Muster.

DEINE FREUNDE IM KLEIDERSCHRANK

Dunklere Farben in Blau, Rot, Lila, Braun, Grün
Lockere Wickelblusen und Wickelkleider
Longshirts und längere Tuniken
Weit geschnittene Hosen mit hohem Bund

DEINE FEINDE IM KLEIDERSCHRANK

Helle Farben
Kurze Tops, Pullis mit Rippen- oder Zopfmuster
Oberteile mit großem Kragen oder Taschen auf Brusthöhe
Hüfthose und Hüftrock (weil sie den Bauch betonen!)

Ich will aber Hüfthosen!

Wenn du unbedingt Hüfthosen tragen möchtest, weil sie »in« sind: Kombiniere sie mit lässigen Oberteilen, die locker über den Bund fallen. So versteckst du deine Rundungen.

Shoes

Darf ich Boots tragen?

Lass es lieber. Stiefel verkürzen deine Beine unnötig, denn sie »schneiden« optisch Länge ab.

Dein Haartrick

Binde deine Haare nicht streng zurück. Zu dir gehört ein lässig-lockerer Stil. Super ist ein mittellanger Stufenschnitt mit Fransen. Wenn du die Haare hochstecken willst: Lass ein paar Strähnen locker herunterhängen!

Zaubertricks für große Mädchen

Du kannst anziehen, was du willst, an dir sieht alles toll aus. Aber vielleicht möchtest du dich trotzdem manchmal kleiner schummeln? Hier sind die wichtigsten Tipps für dich.

1. Trage Oberteile, die locker sitzen. Enge Oberteile wirken an dir schnell »männlich«.

2. Hosen in 3/4- oder 7/8-Länge schneiden ein paar Zentimeter ab. Du kannst die Jeans auch bis Knöchelhöhe aufkrempeln!

3. Vermeide es, Oberteil und Hose im selben Farbton zu tragen. Besser ist: oben dunkel, unten hell. Das teilt den Körper.

4. Dir stehen große Muster, dicke Querstreifen, aufgesetzte Taschen und breite Gürtel. Auch dein Schmuck darf groß sein!

5. Kleine Tücher um den Hals gebunden, nehmen Länge weg.

6. An dir sehen große Schultertaschen super aus! Vermeide aber lange Trageriemen, sie strecken dich optisch noch mehr.

DEINE FREUNDE IM KLEIDERSCHRANK

Tops mit runden Ausschnitten
und lockeren 3/4-Ärmeln
Lockere Wickelblusen
Weit geschnittene
»Marlene«-Hosen, Schlaghosen
Bunte Schlauchschals

DEINE FEINDE IM KLEIDERSCHRANK

Längsstreifenmuster
V-Ausschnitte
Oberteile mit Knopfleiste
oder Reißverschluss
Shorts
Lange Schals und Ketten

Ich will mein Bäuchlein verstecken!

Speckröllchen kannst du super mit lockeren Oberteilen überdecken. Wenn der Stoff schön weich fällt, umspielt er deinen Körper sanft.

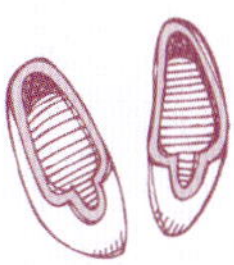

Du lebst auf großen Füßen?

Ballerinas, Stiefel, bunte Sneaker und Schuhe mit breiten Fesselriemen verkürzen Bein und Fuß super. Achte darauf, dass die Kappen vorne rund sind – auch das verkürzt den Fuß optisch!

Dein Haartrick

Deine Ideal-Frisur ist der Bob. Die Haare sollen nur bis zur Schulter reichen. Lange, glatte Haare ziehen dich dagegen in die Länge. Und mit zu kurzen Haaren wirkst du vielleicht eher wie ein Junge.

Ganz schön bunt hier!

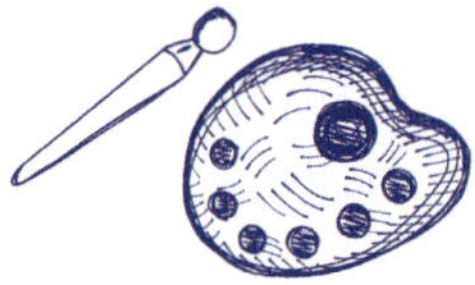

Farben sind keine Erfindung der Mode. Die ganze Natur um uns herum ist bunt! Das hat – wie fast alles in der Natur – auch einen Sinn. Denn Farben sind Botschaften an andere. Sie teilen den Tieren und Menschen also etwas mit.

»Gute« Farben, »schlechte« Farben

Schon die ersten Menschen lernten durch Erfahrung, dass grüne Früchte meistens (noch) nicht essbar sind. Orange bedeutete dagegen für sie »reif und süß«. Und wer die rote Farbe des Feuers nicht erkannte, hatte schlechtere Chancen zu überleben. Rot alarmiert uns – selbst wenn es nicht brennt. Die Farben der Verkehrsampeln sind also mit Absicht gewählt!

Unbewusste Signale

Farben werden also seit Urzeiten in »gut« und »schlecht« eingeteilt. Deshalb bemerkst du gar nicht, dass du es in Gedanken auch heute noch ständig tust. Farben »erinnern« dich an etwas und wecken so Gefühle in dir.

Rot = Feuer, Blut = gefährlich = Aufmerksamkeit, Angst, Wut

Gelb = Zitrone, Sonne = frisch, warm = Heiterkeit, Veränderung

Grün = Gras, unreife Früchte = natürlich, giftig = Ruhe, Vorsicht

Blau = Himmel, Wasser = klar, kühl = Sicherheit, Entspannung

Stell dir vor

Wie wäre es, wenn du in eine blaue Tomate oder eine blaue Banane beißen müsstest? Das würde dich sicher Überwindung kosten. Denn dein Gedächtnis hat gelernt, dass Tomaten rot und Bananen gelb sein müssen, um lecker zu schmecken.

Alles im grünen Bereich

Viele Redensarten zeigen, wie wichtig Farben für den Menschen sind:
Wir sagen, »Es ist alles im grünen Bereich«, wenn es uns gut geht.
Andere sehen dagegen alles »grau in grau«, wenn sie traurig sind.
Wird jemand wütend, »sieht er rot«.
Freundinnen werden »gelb vor Neid«.
Wer eine »weiße Weste« hat, ist unschuldig.
Und wenn deine Eltern schimpfen: »Jetzt treibst du es zu bunt!«, bist du wahrscheinlich gerade ein bisschen zu frech.

FALLEN DIR WEITERE REDEWENDUNGEN MIT FARBEN EIN?

Redensart zu Rot ....

....

....

Redensart zu Gelb ....

....

....

Redensart zu Schwarz ....

....

....

Glücksstein

Farben sind das Lächeln der Natur.

Die Sprache der Farben

Die Farben deiner Kleidung haben eine große Wirkung. Sie steuern, was andere von dir denken, wenn sie dich sehen. Dagegen kann niemand etwas tun – es geschieht einfach!

Fröhlich oder langweilig?

Ob du auf deine Mitmenschen fröhlich oder langweilig wirkst – oder ob sie dich vielleicht für besonders clever halten –, hängt tatsächlich von den Farben ab, die du gerade anhast. Vor allem von den Farben deines Oberteils.

Stell dir vor

Diesen Versuch kannst du alleine oder gemeinsam mit deinen Freundinnen durchführen.

1. Schließt die Augen.
2. Stellt euch ein Mädchen vor, das ihr nicht kennt.
3. Kleidet das Mädchen in Gedanken mit Kleidern in verschiedenen Farben ein.
4. Überlegt, wie das Mädchen in den einzelnen Farben wirkt. Lustig? Nett? Zurückhaltend? Oder ...?

Wie wirkt das Mädchen in Schwarz?

....

....

Wie wirkt es im roten Kleid? ....

....

....

In Gelb?..

....

....

In Grün? ....

....

Und wie in Braun? ....

....

Lasst euch mit den Antworten ruhig etwas Zeit.

»Kluge« Farben

Bei Tests mit vielen Menschen fand man heraus, welche Farben auf andere besonders »intelligent« wirken. Daraus ergab sich diese Rangfolge:

1. Schwarz
2. Blau
3. Weiß
4. Grün
5. Lila
6. Braun
7. Rot
8. Gelb
9. Orange
10. Pink

Glücksstein

Frauen achten stärker auf Farben als Männer. Es ist also zum Glück nicht so schlimm, wenn du beim ersten Date mit einem Jungen die falsche Farbe anhast!

Kleine Übersetzungshilfe Farbe – Wirkung

Das »sagen« uns die wichtigsten Farbtöne:

Schwarz

- steht für Selbstsicherheit, Eleganz, Verführung.
- wirkt auf andere intelligent und ernst.
- hat den Nachteil, dass es an Brandreste und Tod erinnert.

  Kleidung: Schwarz wirkt unnahbar und unheimlich. Andere halten daher eher Abstand.

Weiß

- steht für Unschuld, Reinheit, Zerbrechlichkeit.
- wirkt auf andere neutral und klar.
- hat den Nachteil, dass es so aussieht, als möchte man etwas Besonderes sein. Das kann ausgrenzen. Zusammen mit Schwarz wirkt Weiß außerdem streng.

  Kleidung: Weiß lässt sich gut mit bunten Schals o. Ä. aufpeppen.

Rot

- steht für Gefahr, Energie, Macht.
- wirkt auf andere auffällig und anziehend. Die Leute schauen genau hin.
- hat den Nachteil, dass es auch unruhig und aggressiv macht.

  Kleidung: Super sind kleine rote Teile, wie z. B. ein roter Haarreifen.

Blau

- steht für Ruhe, Genauigkeit, Sicherheit.
- wirkt auf andere zuverlässig, männlich, sportlich.
- hat den Nachteil, dass es kühl, stolz und hart wirken kann.

Grün

- steht für Natur, Zufriedenheit, Entspannung.
- wirkt auf andere zuversichtlich und friedlich.
- hat den Nachteil, dass manche Töne giftig aussehen.

  Kleidung: Grün kannst du mit etwas Rot schön auffrischen.

Gelb

- steht für Veränderung, Entfaltung, Freude.
- wirkt auf andere fröhlich und frisch.
- hat den Nachteil, dass es auch eine Warnfarbe ist. Es wirkt schnell aufdringlich. Das englische Wort »Yellow« ist verwandt mit »to yell« = kreischen.

  Kleidung: Dunkleres Gelb wirkt wärmer und angenehmer als strahlendes Zitronengelb.

Orange

- steht für Vergnügen, Spaß, Energie.
- wirkt auf andere heiter und unbekümmert.
- hat den Nachteil, dass es stark auffällt. Daher wirkt es oft aufdringlich und angeberisch.

  Kleidung: Als Modefarbe wirkt Orange nicht elegant.

Braun

- steht für Festigkeit, Behaglichkeit, Vertrauen.
- wirkt auf andere brav und bieder.
- hat den Nachteil, dass es eher langweilig wirkt.

  Kleidung: Fürs erste Date ist Braun vielleicht nicht gerade ideal.

Trägst du noch Rosa – oder schon Schwarz?

Farben steuern nicht nur, was andere von dir denken. Sie beeinflussen auch, wie du dich selbst fühlst. Als kleines Mädchen hast du vielleicht gerne Rosa getragen – weil das niedlich und sanft aussieht. Teenager wählen dagegen oft schwarze Kleidung. Darin fühlt man sich eher »cool« und »erwachsen«. Das geschieht ganz unbewusst.

WELCHE LIEBLINGSFARBE TRÄGST DU GERADE?

....

....

....

Tipp

Mit zu vielen Farben am Körper siehst du aus wie ein Papagei oder der sprichwörtliche »bunte Hund«. Das wirkt zwar lustig – aber nie wirklich stilvoll und hübsch.

Die Drei-Farben-Regel der »Modeprofis«

Menschen, die mit Mode zu tun haben, würden nie eine Farbe tragen, nur weil sie »in« ist. Sie wählen Farbtöne bewusst aus, um Botschaften zu senden. Damit diese Nachricht klar ist, tragen sie nie mehr als drei verschiedene Farben am Körper. Zum Beispiel: blaue Jeans, weißes Top, rote Armbanduhr.

Schwarz und Weiß

Zusammen mit Schwarz wirkt jede Farbe kräftiger. Rot wird also noch auffälliger, Gelb noch knalliger, Blau noch kühler.
Zusammen mit Weiß wirkt jede Farbe sanfter. Rot wird also mehr zu Rosa, Gelb blasser, Blau »wässriger«.

Male das Bild an: Was sind deine Lieblingsfarben für diese Kleidungsstücke?

Im Schlabberlook zur Schule?

Deine Kleidung soll dir gut stehen. Sie soll aber auch zum Anlass passen, zu dem du sie trägst. Diese Regel befolgst du ganz automatisch, wenn du dich morgens für die Schule fertig machst. Denn du ziehst Sachen an, mit denen du dich dort wohlfühlst.

Was ist ein Dresscode?

Der Begriff besteht aus den beiden englischen Wörtern »dress« (Kleidung) und »code« (verschlüsselte Nachricht).

Nicht nur die Farbe deiner Kleidung, auch die Kleidung selbst sendet also eine Nachricht an andere Menschen. Ziehst du ähnliche Sachen an wie deine Freunde, zeigst du, dass du zu ihnen gehören möchtest. Wer diesen Dresscode nicht befolgt, gehört nicht dazu.

Stell dir vor

Würdest du in T-Shirt und Shorts auf eine Beerdigung gehen? Lieber nicht, oder? Denn auch hier gilt ein Dresscode!

Glücksstein

Vermeide aufgedruckte Motive, die andere Leute beleidigen könnten. Rücksicht macht alle glücklich!

FALLEN DIR NOCH ANDERE GELEGENHEITEN MIT DRESSCODE EIN?

....

....

Werden an eurer Schule Schüler wegen ihrer Kleidung gemobbt?

☐ ständig ☐ manchmal ☐ selten ☐ nie

In vielen Ländern der Welt tragen Kinder eine einheitliche Schuluniform. Würdest du gerne eine Schuluniform haben?

Das finde ich super, weil ....

....

Ich ziehe lieber an, was mir gefällt, weil ....

....

Gibt es an eurer Schule offizielle Kleiderregeln?

Die Schule ist kein Laufsteg, auch wenn manche das gerne hätten. Jede Schule darf in der Hausordnung Regeln zur Kleidung der Schüler festlegen. Manchmal wird vorgeschrieben, dass alle Oberteile Brust und Bauch bedecken müssen. Oder Röcke sollen bis zum Knie reichen und Hosen dürfen nicht zu tief im Schritt sitzen. Das alles soll dafür sorgen, dass der Schulalltag »gesittet« abläuft.

Wenn klamottentechnisch was danebengeht

Mit Mode zu experimentieren, macht Spaß. Dass man beim Ausprobieren mal danebenliegt, gehört dazu. Dein Gefühl für Mode muss sich schließlich erst noch entwickeln. Allerdings ist diese Entwicklungsphase für deine Umgebung manchmal nicht ganz leicht zu ertragen.

MISCHEN SICH DEINE ELTERN EIN, WAS DU ANZIEHST?

- ☐ ständig
- ☐ manchmal
- ☐ selten
- ☐ nie

Auch Eltern waren mal jung

Eltern regen sich gerne über die Klamotten ihrer Kinder auf. Das war auch früher so. Erkundige dich bei Oma und Opa, was sie an der Kleidung von Mama und Papa nicht gut fanden, als diese noch in die Schule gingen. Zum Beispiel Mamas ultrakurzen Minirock oder Papas knallenge Jeans?

Eine super Gedächtnishilfe sind alte Familien-Fotoalben. Ihr werdet viel zu lachen haben!

Mamas Modesünden als Teenager: ....

Papas Modesünden als Teenager: ....

Über welches deiner Outfits werden wohl einmal deine Kinder lachen?

....

Mode
heißt nicht,
das Neue wollen,
sondern das ALTE
nicht mehr dürfen.

Vom Glück, das auch Glückssache ist

So werde ich wunschlos glücklich

Zum Glück sind es nicht nur die großen Dinge, die dich glücklich machen – eine Ferienreise zum Beispiel oder deine Geburtstagsparty. Auf solche besonderen Erlebnisse musst du lange warten. Am glücklichsten ist man aber, wenn man gar nichts erwartet. Wenn das Glück einfach so anklopft. Ohne einen Wunsch. Dann bist du wunschlos glücklich!

Wünsche sind reine Glücksverschwendung

Wünsche zu haben, setzt einen ziemlich unter Druck. Denn wenn sie nicht in Erfüllung gehen, bist du richtig unglücklich! Vergiss zum Beispiel den verrückten Wunsch, perfekt sein zu wollen. Das schafft niemand.
Echt NIEMAND!

Stell dir vor

Hast du einen Wunsch, der schwer zu erfüllen ist? Vergiss ihn! Es ist, wie es ist, und es kommt, wie es kommt!

Wie merke ich, wenn mein Glück anklopft?

In deinem Alltag verstecken sich viele kleine schöne Momente. Vor lauter Stress hast du aber oft überhaupt keine Zeit zu spüren, dass du gerade glücklich bist. Vielleicht schaffst du es, heute einmal bewusst auf nette Kleinigkeiten zu achten? Und, wenn das gut geklappt hat, auch morgen? Und übermorgen? Glücklich zu sein, kann man üben!

Welchen Song würdest du gerade gerne 20-mal hintereinander hören?

....

An welchem Ort in eurer Wohnung fühlst du dich am wohlsten?

....

....

Welche Tageszeit hast du am liebsten?

....

Bei welchem Gedanken wird dir warm ums Herz?

....

Gibt es ein Geräusch, das du besonders gerne hörst?

....

Glücksstein

Glücklich ist, wer sein Glück erkennt!

Hier sind die Schlüssel zu deinem Glück

Solltest du mal wieder Wünsche haben, dann hilft es, dich zu fragen: Was ist mir wichtiger?

- Eine super Figur – oder meine Familie, die immer für mich da ist?
- Ein Pferd – oder meine Freundin, auf die ich mich verlassen kann?
- Das teure Schminkset – oder die Freude darüber, gesund zu sein?

Die Antwort auf diese Fragen fällt leicht, oder? Denn vieles, was du schon lange hast, ist genau das, was dich wirklich glücklich macht: Familie, Freunde und Gesundheit. Halte sie nicht für selbstverständlich! Sie sind der wahre Schlüssel zu deinem Glück!

Was weißt du über Glücksbringer?

Weil jeder so gerne Glück hat, warten wir nur ungern, bis es von selbst zu uns kommt. Viel lieber helfen wir mit Glücksbringern ein bisschen nach! Hier kannst du herausfinden, was du über die beliebtesten Glückssymbole weißt. Entscheide jeweils, welche der beiden Deutungen du für richtig hältst. Viel Glück!

1. Vierblättriger Klee

A. Er ist in der Natur sehr selten. Deshalb bringt nur ein vierblättriges Kleeblatt Glück, das man zufällig findet.

B. Auch gezüchteter Glücksklee, den man vor allem zu Silvester kaufen kann, bringt Glück.

2. Hufeisen

A. Man hängt es mit der Öffnung nach unten auf, damit es nicht wie die Hörner des Teufels aussieht.

B. Man hängt es mit der Öffnung nach oben auf, damit das Glück hineinfallen kann.

3. Glückspfennig/Glückscent

A. Er ist ein Symbol für Reichtum. Wer einen Pfennig/Cent findet oder geschenkt bekommt, dem soll nie das Geld ausgehen.

B. Die runde Form der kleinen Münze steht für ein rundum zufriedenes Leben.

4. Würfel

A. Wer die Zahl 6 würfelt, hat Glück.

B. Er steht für die unvorhersehbaren Seiten des Lebens.

5. Glücksschwein

A. Schweine gelten schon lange als Glücksbringer, denn sie vermehren sich gerne. Wer ein Schwein hatte, hatte Nahrung.

B. Das Quieken der kleinen Ferkel klingt wie fröhliches Lachen.

6. Marienkäfer

A. Er sieht einfach niedlich aus, deshalb bringt er Glück.

B. Er wird als Geschenk der Mutter Gottes betrachtet, weil er Schädlinge frisst.

7. Schornsteinfeger

A. War der Kamin verstopft, konnte man früher weder kochen noch heizen und das Haus konnte sogar abbrennen. Der Schornsteinfeger brachte beim Kehren also Glück.

B. Die goldenen Knöpfe an der Kleidung des Schornsteinfegers stehen für Reichtum. Deshalb bringt es Glück, sie anzufassen.

Weitere Glücksbringer sind: Hasenpfote, Fliegenpilz, Mistelzweig, die Zahl 7 (deshalb hat dieser Test sieben Fragen 😊).

Wusstest du, dass es jedes Jahr einen Internationalen Tag des Glücks gibt? Es ist der 20. März. Dieser Tag soll uns die Bedeutung des Glücks bewusst machen.

Auflösung:
1A; 2B; 3A; 4B; 5A; 6B; 7A

Glück lässt sich verschenken

Wie schön, dass du das Glück verschenken kannst. An deine Eltern, deine Geschwister, deine Großeltern, deine Freunde – also an alle, denen du jede Menge Glück gönnst. So wirst du zur perfekten Glücksfee:

Glücksalphabet

Male die Buchstaben des Alphabets mit bunten Farben auf ein Blatt Papier. Du kannst sie untereinander anordnen oder »wild« über das ganze Blatt verteilen. Lass hinter jedem Buchstaben Platz, um einige Worte hinzufügen zu können.

Das Glücksalphabet kannst du »leer« verschenken, damit es der Beschenkte selbst ausfüllen kann. Oder du füllst es aus – mit allem, was du dem anderen wünschst!

Glücksalbum

Besorge ein hübsches Notizbuch. Male auf die erste freie Seite das Wort »Glücksalbum« und schreibe ein paar nette Zeilen an den Beschenkten. Von nun an kann er in das Büchlein alle Ereignisse notieren, die ihn erfreuen oder für die er dankbar ist. Beim späteren Blättern und Lesen sorgen die schönen Erinnerungen für gute Laune. Garantiert!

Ein Glas voller Glück

Schreibe nette Glückwünsche und witzige Sprüche auf kleine bunte Zettel, falte diese und fülle damit ein Bonbonglas (oder ein anderes hübsches Glas mit Deckel). Verziere das Glas außen mit Schleifen und Geschenkanhänger!

Dein persönlicher Schutzengel

Diesen Schutzengel kannst du auf dünnen Karton kopieren, ausmalen, mit Glitzersteinchen verzieren ... und verschenken! Oder wie wäre es mit einem Schutzengel-Mobile für deine beste Freundin?

Back dir dein Glück!

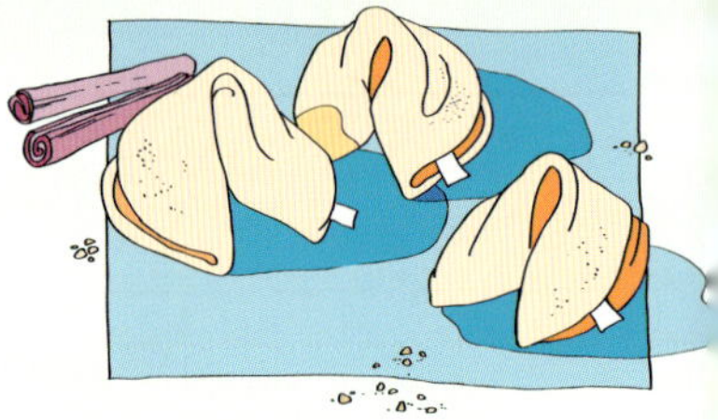

Glück kann man backen – na ja, fast. Bestimmt kennst du die kleinen, mit Sprüchen gefüllten Glückskekse, die man häufig im China-Restaurant geschenkt bekommt. Hast du Lust, selbst solche Kekse zu backen? Für eine tolle Geburtstagsparty oder zum Verschenken? Frag deine Eltern, ob du die Kekse alleine backen darfst, oder lass dir von ihnen dabei helfen.

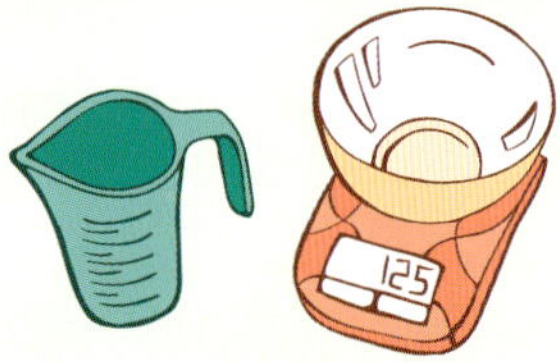

Zutaten
45 g Butter
3 Eiweiß
60 g Puderzucker
60 g Mehl
3 Tropfen Backaroma Zitrone oder Orange (muss aber nicht sein)
Diese Menge ergibt ungefähr 24 bis 30 Kekse.

Kleine bunte Zettel zurechtschneiden (etwa 2 cm hoch und 5 cm breit) und mit Sprüchen beschriften.

Ärgern?
Kann ich mich später!

Ich verliere nie. Entweder gewinne ich
oder ich sammle Erfahrung.

Es gibt kein Rezept,
das dir das schnelle Glück bringen kann.

Wenn dir das Leben Zitronen gibt,
mach Limonade daraus!

Das Leben ist zu kurz
für ein langes Gesicht!

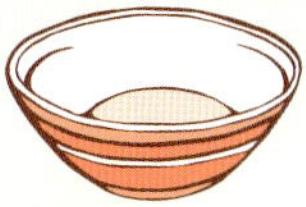

Und so geht's (heiße Finger inklusive!)

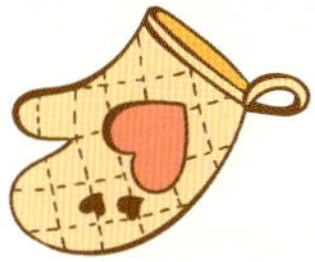

1. Zeichne mit einem Glas (Durchmesser 8 cm) auf Backpapier drei Kreise. Backofen auf 180 Grad vorheizen.
2. Butter in einem Topf schmelzen. Sie darf nicht heiß werden.
3. Eiweiß mit dem Handrührgerät leicht schaumig rühren. Gesiebten Puderzucker, flüssige Butter und Mehl hinzufügen und einen glatten Teig machen.
4. Backpapier auf ein Backblech legen und je einen knapp gefüllten Esslöffel Teig auf die drei Kreise verteilen.

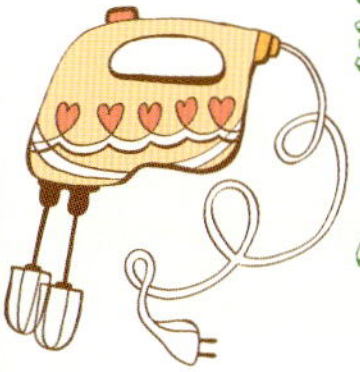

Tipp: Den Teig am Kreisrand nicht zu dünn werden lassen. Er wird dort sonst zu schnell braun.

5. Backblech in den Ofen schieben. Nach ungefähr 5 Minuten sind die Ränder der kleinen Fladen goldbraun.
6. Jetzt muss es fix gehen, denn die Kekse werden schnell hart: Blech aus dem Ofen, die noch weichen Fladen mit einem flachen Messer vom Papier lösen und sofort zu einem Halbmond zusammenklappen. Über den Rand eines Glases hängen, damit sie den hübschen Knick in der Mitte bekommen.

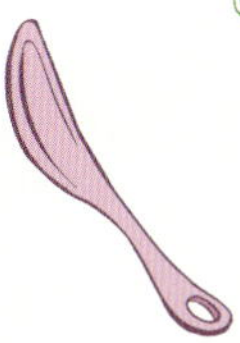

Tipp: Wenn sich der Keks wieder öffnet, oben mit einer Wäscheklammer fixieren.

7. Glückbotschaften eng zusammenrollen und in die kleine Öffnung am Seitenrand der Kekse schieben. Im Keks entrollen sich die Zettel wieder und bleiben so sicher im Gebäck liegen.
   (Du kannst die Zettel auch vor dem Zusammenklappen der Fladen auf den Keks legen. Es kann aber passieren, dass das Papier etwas durchweicht und klebrig wird.)
8. Küche sauber hinterlassen. Das macht Eltern glücklich!

Immer glücklich? Das wäre echt langweilig!

Vielleicht denkst du: »Ein Leben ohne Sorgen und Probleme, das wäre genial!« Dabei wäre ständiges Glück in Wirklichkeit ziemlich öde. Es ist für uns sogar gut, wenn nicht alles im Leben klappt. Wir brauchen ein bisschen Unglück, um unser wahres Glück erkennen zu können!

Was dich nicht umbringt, macht dich stärker

Alles Schlechte hat sein Gutes. Menschen, denen ein Unglück widerfuhr, sagen später oft, dass dies das Beste war, was ihnen passieren konnte. Denn sie haben dadurch gelernt, unangenehme Dinge durchzustehen und stark zu sein.

Glücksstein

Glück kommt und geht. Unglück zum Glück auch.

Zum Glück gibt's kein Schlaraffenland

Immer alles da, immer alles im Überfluss! Wenn du im Schlaraffenland leben könntest, würdest du bald nicht mehr wissen, was Glück ist. Vieles beginnst du nämlich erst zu schätzen, wenn du es nicht mehr hast. Nach einer Reise freust du dich wieder auf dein Zimmer zu Hause. Und nach langen Ferien freust du dich sogar wieder auf die Schule.

Werde dir deines Glückes bewusst. Dein eigenes Leben lieben zu lernen, mit allem Schlechten, das darin geschieht, mit Liebeskummer, schlechten Noten oder Pickeln auf der Nase, ist für dich der beste Weg, zufrieden zu sein. Sag dir jeden Morgen lächelnd: Ich bin, wie ich bin!